望湖斋笔记

杨益萍 著

上海文艺出版社

目录 Content

自　序

这本书中的文字，是我从2010年到2020年十年间写的散文和随笔，共收录93篇。

这些文字，大致可分为6个部分。其中，"往事记忆"，记录了值得珍藏的旧事轶闻，包括惊心动魄的历史瞬间、令人难忘的醉酒故事；"世事微言"，记录了纷纭世事中的点滴感悟，包括饱含真情的男儿泪、令人沉思的"最美图书"；"故人追忆"，记录了对已故友人亲人的思念，包括对母亲的怀念；"夕阳胜景"，记录了对老年问题的关注，包括敬老奉亲的善举、传承文化的嘉行；"旅途见闻"，记录了海内外旅游的所见所闻，包括对风景胜地的印象、对故乡诸暨的赞美；"品书阅人"，记录了阅读几位友人作品的感想，包括由孙女作文集激起的喟叹。

鲁迅先生认为世界是一部活书，提出应当"用自己的眼睛去读世间这一部活书"。本书便是我这十年间从生活这部活书中撷取的片段。正如一位老友所说,“在与共和国同行的漫长岁月里,每个人都有或多或少精彩的见闻、独到的感受,尽可回忆、整理一番,写下你我周边的好故事”。本书的这些文字,正是来自生活的真实感受。它们虽然是朴素的小故事,却能够像一滴水折射出太阳一样,反映我们伟大的时代。无疑,追随时代前进的脚步,记录社会进步的足迹,讴歌精忠报国默默奉献的炎黄子孙,讴歌友谊、亲情和一切真善美的品格,呼唤中华优秀传统文化回归人间,呼唤社会主义核心价值观滋润大地,是我的心愿。力求简约朴素,力求在平朴中保持生活本色,不失生动幽默,给自己留作纪念,使读者得以分享,是我的期望。

本书取名《望湖斋笔记》,因为“望湖斋”是我家的书房,本书的那些文章,大都是在书房里写的。书房很小,小得除了书橱,仅容得下一桌一椅。但是,从书房的窗口,可以望见苏州河十八道湾的第九道湾,可以遥望长风公园的银锄湖。我感觉累的时候,常常望望窗外的景色。凝视泛着波光的苏州河,凝视远方一盆水似的银锄湖,凝视河畔辛勤劳作的工人,凝视匆匆行走的路人,顿时觉得心胸开阔许多。我给书房起名“望湖斋”,并请友人邓明先生书写了斋名,是希望自己达到心静如水的境界,同时也能望见窗外的波澜起伏。

多年来,我在写作过程中,得到了许多老师、友人的帮助。至今记得,十年前出版第一本书《时光记忆》时,孙颙先生作序《文如其神》,给我以热情鼓励；司徒伟智先生作序《保持一种素养》，激励我退休后“笔不停挥”。丁锡满老师给我以具体指点。赵丽宏先生、褚水敖先生给我以亲切勉励。正是在许多老师、友人推动下，我在退休后没有放下手中的笔。现将我陆续写下的一些短文结集成册，很荣幸地交由上海文艺出版社出版。本书出版过程中，得到陈徵先生、毕胜先生等出版社有关领导的关心和支持。责任编辑徐如麒先生、设计师钱祯小姐为本书出版倾注了心力。尤其是我的老师刘小晴先生，挥毫为本书题写书名；司徒伟智先生拨冗为本书书写跋语；翁经义先生仔细阅读书稿，提出修改意见；陆廷先生不辞辛劳，悉心相助，为本书增色。对一切给我以鼓励和帮助的人们，我满怀感恩之心，谨在此一并表示感谢。

我已年届古稀，但在写作方面仍是一个学习者。不揣浅陋，献上习作，希望得到大家批评指正。

第一辑　往事记忆

隧道深处笑声欢

上海，由于黄浦江的阻隔，致使两岸发展不平衡。自清末民初开始，曾有多次修建越江工程的设想。可是，由于社会动荡，民生凋敝，这些设想均成为一纸空文。谁曾料想，新中国建立后，尤其是改革开放后，短短数十年间，黄浦江上下，相继建起13座跨江大桥，14条越江隧道。快速便捷的交通，将浦江两岸连成一体，使整个上海大地呈现一派繁荣景象。世事变迁，令人想起毛主席的诗句："萧瑟秋风今又是，换了人间！"

在为黄浦江越江工程的成就欢欣鼓舞的时候，人们没有忘记，上海第一条越江隧道——打浦路隧道建设的历史。隧道全长2761米，隧道底部最大深埋在地面以下34米，于1965年6月动工，1971年6月10日建成通车。它不仅是上海第一条越江隧道，也是中国的第一条越江隧道。历史不会忘记开拓者的足迹，不会忘记奉献者的功绩。

那是90年代初的一个春天，我们邀请年逾古稀的熊永龄来上海冶金高等专科学校上党课。熊老生于1919年10月，曾任新四军军部测绘室主任、上海规划设计院院长、上海城市规划局副局长，也是当年打浦路隧道建设工程总指挥。他为我们讲述了当年往事，娓娓而谈，如同述说家常。

打浦路隧道工程，是中国第一例盾构法隧道建设工程。建设过程中，遇到了前所未有的困难。在困难重重的时候，熊永龄临危受命，担任工程总指挥。当时，盾构推进过程中，曾间断发生涌砂、漏水现象。设备简陋，施工艰苦，又恰逢梅雨季节，雨下个不停，工地上老塌方，看来根本无法按期完工。有些人怨声载道，有些人唉声叹气，队伍情绪有些低落。

此时此刻，熊永龄穿着雨靴，从工地的这头走到那头，又从那头走到这头，把情况了解得清清楚楚。他和工程技术人员一起，研究面对盾构受阻困境，在加强安全监督的情况下，辅以人工开挖的可行性。在讲科学、讲严谨的前提下，针对队伍的士气，他对工人们说了这样一段话："雨还会下，塌方还会继续，工期也不会变。那么我们有两种干法，一种是像现在这样，怨气十足地干，另一种是不再抱怨，大家开开心心地干。"

这个总指挥啊，没有豪言壮语，仅仅出了一道选择题。

大家都愣住了，但沉默了一阵，又都乐了起来。是啊，面对一时无法改变的客观条件，怨天怨地也是干活，开开心心也是干活。既然如此，我们何不开开心心呢？

在总指挥的带动下，工人们的士气鼓起来了。无疑，当时的施工条件极其艰苦。人们形容,“隧道像是挤牙膏一样挤出来的”,“工人们跳进隧道时披着棉袄,出来时满身油污泥土,一个个如同‘面拖蟹’”。然而,工人顽强拼搏,奋力攻坚,确保了施工速度,如期完成了工程。隧道深处,传来发自肺腑的欢笑声……

今天,历史是这样记载的:上海打浦路隧道的成功建设,是中国盾构法隧道建设零的突破,达到了当时国际隧道工程先进水平,至今仍是中国盾构法隧道工程建设的楷模。然而,历史并没有提供更多的细节。我谨补充这个小细节,把它奉献给当年的创业者,奉献给今天依然与困难作斗争的人们。隧道里的选择平淡无奇,却于朴素中透出光亮。它鼓舞了当年的工人,也被我记住了几十年。我想,无论遇到什么困境,我们都可以想想当年隧道深处的欢笑声。

（写于 2012.1.29 改于 2020.4.23　曾刊于《浦东时报》）

惊心动魄那一刻

我们这辈子，经历的风浪不多，但也经历过若干惊心动魄的时刻。1971年“九一三”事件的发生，算是其中印象深刻的一次。

“九一三”事件即林彪叛逃事件。当年一声爆炸，飞机坠毁在蒙古温都尔汗，震惊中外。当这件事通过中央文件向老百姓传达时，许多人瞠目结舌。善良的人难以置信啊，当年红旗漫卷的中国，竟会发生如此骇人听闻的事情。

记得当时，我在工厂做工，参与上海冶炼厂援阿试验工场镍钴提纯试验。获知消息的那一天，白天听传达，晚上上夜班。恰逢设备检修。我和北京矿冶研究院的工程师贾永昌在一起，望着满天的星斗，望着深邃的夜空，遥想那不可思议的事情，莫名其妙地感到一阵阵紧张。夜风吹来，竟然连连打起寒战。那一刻，我似乎体会到，什么叫做“惊心动魄”。

我也听人讲起过在乡村听传达的情形。友人当年在农村插队。“九一三”事件发生后，生产队集合村民，传达中央文件，组织批判会。一个农民在会上气愤地说，这林彪，也太不像话了，毛主席待他这么好，他还要逃跑。跑就跑了呗，临走时还偷走国家三只鸡。这种事，我们农民也不会干啊。原来，他把文件里讲的林彪出逃时乘坐的“三叉戟”，听成了“三只鸡”。这笑话，似乎以幽默化解了“惊心动魄”，不知是真是假。

与贾永昌先生合影

最令人吃惊的是监狱里的情形。据一位当年“文革”中吃冤枉官司的朋友述说，监狱里传递信息显然滞后，在全社会震惊的时刻，犯人没有权利听传达，对世事依旧茫然不知。那么，消息是如何传递的呢？

那是一个秋风萧瑟的早晨，犯人整队集合，听例行训话。谁料出现了如下一幕。狱警发问：“带语录本了吗？”犯人齐声回答：“带了。”管理员下令：“翻到第 2 页。”队伍中传来一片翻纸声。所有的人都以为接下来要诵读语录时，忽听狱警一声断喝："把它撕了！"犯人顿时大惊，以为耳朵出了毛病。谁不知道，语录本的第2页是林彪的题词。"撕了"！什么意思？那不是犯罪么？犯人中，有的面面相觑，想探究今天葫芦里卖什么药；有的自作聪明，以为遇上了"考验"，正想着如何表现自己。这下，狱警火了："你们这帮家伙，真的是反革命啊。以前没人让你们撕，你们偷偷地撕；今天我让你们撕，你们偏不撕。你们看好了——。"只听得"丝"一下，狱警把那页林彪题词撕了下来，随后三下两下，撕得粉碎，扬手把纸屑抛向空中。犯人们目瞪口呆。他们很快明白：高墙外，出大事了。

这真是一种特殊的"惊心动魄"啊。

（写于2012.2.17）

防空洞里的琴声

那是1972年春天的一个清晨，我下了夜班，走在厂区小路上，经过一个防空洞。忽然，隐隐约约听到防空洞里传出一阵悠扬的琴声。细一听，演奏的，居然是小提琴协奏曲《梁祝》。

《梁祝》！它诞生于1959年。我曾在学校的新年晚会上，在收音机里，听到过这首乐曲。那独特而优美的旋律，令我始终难以忘怀。然而，多年了，它已经销声匿迹。

当时，正处于“文革”这一特殊年代。人们的心情是如此沉闷，人们的脸上很少出现笑容。尽管随着“革命”高潮的低落，上海的弄堂里也时常传来小提琴声，乃至出现打着赤膊拉小提琴的奇特景象，然而，《梁祝》是禁演的。因为，当时的报纸批判说，《梁祝》是瓦解人们斗志的“靡靡之音”。工人听了《梁祝》，开不动机器；农民听了《梁祝》，举不起锄头；解放军听了《梁祝》，会把枪打歪的。

然而,此刻,在一家工厂的防空洞里,《梁祝》再现了!于是,我在防空洞门口留住了脚步,静静地欣赏起洞里的琴声。

那是真正的美妙的琴声!时而呈现春光明媚、鸟语花香的景象,时而呈现活泼欢快、跳跃着的旋律,时而展现长亭惜别的依恋之情,时而转入如泣如诉的悲怆曲调。……

后来,我走进了防空洞,结识了小提琴演奏者贾永昌先生。当时,他是北京矿冶研究院的一名工程师。我们从此成为好朋友。

后来,《梁祝》飞出了防空洞,飞进了千家万户。我也有幸多次聆听

与孟波先生合影

《梁祝》演奏音乐会。其中,印象最深的是这样两次。

最特殊的一次,是 1993 年 1 月 6 日下午,上海交响乐团在台湾中坜演出。那一天,我作为访问团团长,坐在剧场的观众席里,聆听青年演奏家孙毅与整个乐团合作演奏《梁祝》。当整部作品的最后一个音符渐渐消失在剧场上空时,台下依然一片寂静,久久没有反应。我坐在那里,顿时有点紧张,以为哪里出了什么差错。正在此时,耳边突然传来一阵雷鸣般的掌声,久久回荡,沸腾的情绪湮没了所有在场的人。全团起立,经历了一次次鞠躬,一次次谢幕,掌声依然有增无减……

最隆重的一次,是 2009 年 5 月 26 日晚上,纪念《梁祝》50 周年音乐会在北京人民大会堂举行。我有幸躬逢其盛。那一天,观众完整聆听了三遍《梁祝》:首演者俞丽拿原音重现,盛中国与西崎崇子弦音对唱,李传韵、陈曦、殷欧卡琳三人展现了《梁祝》青春传承。我仰望台上,仰望着手捧鲜花的《梁祝》创作者何占豪和陈刚,仰望当年指导《梁祝》创作的孟波,心中充满激动之情……

多少年过去了,我已记不清听过多少次《梁祝》,但我最难忘的,依然是防空洞里的琴声。虽然,在一个被压抑的时代,它只能低回在一个防空洞里,但是,那琴声预示着:美是无法禁锢的,一切人间真情,人性之美,终将超越时代,超越苦难。

如今,我们已处在一个文化多元的时代。面对百花盛开的景象,我们可以欣赏到丰富多彩的中外艺术精品，而《梁祝》，永远是这百花园中鲜艳夺目的流芳百世的奇葩之一。

（写于 2012.6.8　曾刊于《金色年代》）

农场轶事

与何麟聊当年农场生活。他讲了两件事，都发生在那充满阶级斗争氛围的年代，令人忍俊不禁，又引人深思。

一

第一件事是集体诵读《敦促杜聿明等投降书》。

“杜聿明将军、邱清泉将军、李弥将军和邱李两兵团诸位军长师长团长：你们现在已经到了山穷水尽的地步……”。上世纪 70 年代初的一个冬日，在上海崇明农场某分场会议室里，几十个小伙子齐刷刷地诵读着。

众所周知，此文是毛泽东主席为中原、华东两人民解放军司令部写的一个广播稿，1948 年 12 月 17 日发布后，曾传遍硝烟弥漫的淮海战役战场，极大地瓦解了负隅顽抗的国民党军队。如今，时隔 24 年后，却回响在崇明岛的上空。这是怎么回事?

原来,小伙子都是农场知识青年,分属两个群体,彼此有点宿怨。昨晚因为喝多了老白酒而引发冲突,由骂粗口演变为打群架。双方拔拳相向,直打得碗盏破碎,头破血流。正当角斗白热化时,紧急集合的哨声吹响了。全连集合。连长大声喝问:“今天是什么日子?”

大家面面相觑。终于有人想起今天是12月26日。“早不打,晚不打,偏偏选择今天打群架,什么意思?”是啊,什么意思? 打架者脑子里一盆糨糊,谁也说不清楚。连长宣布:今晚打群架,是精心策划的反革命事件,必须追查。凡打架者,明天到场部参加学习班。

于是,第二天,小伙子们带着铺盖,带着《毛泽东选集》,来到场部。只见会场门口贴着一副对联,上联是:“受蒙蔽者无罪”,下联是:“反戈一击有功”,横批是:“知情者学习班”。学习班的第一项议程是集体诵读《敦促杜聿明等投降书》。昨夜勇武的小伙子们,此刻神情有些沮丧,但声音依然铿锵有力:“……你们想一想吧!如果你们觉得这样好,就这样办。如果你们还想打一下,那就再打一下,总归你们是要被解决的。”

这是多么难忘的一幕啊,以至多年后,有的小伙子还清晰地记得,当年是怎么做了一回杜聿明,在强大的政治攻势下缴械投降的。

二

第二件事是有人爱钻牛角尖。小扁豆就是这样一个人。

那是“文革”高潮迭起的年代。“大海航行靠舵手,万物生长靠太阳”的歌声传遍大江南北。可小扁豆偏偏钻牛角尖。那天,听到台上的人说“万物生长靠太阳”,他突然在台下嘀咕一句:“不一定,绿豆芽生长就不靠太阳!”……

孵绿豆芽要保持容器恒温,靠的是灯光、棉被,绿豆芽不能见太阳光,这可谓农家常识。可此时此地,小扁豆冒出这么一句,何等突兀,足以引起人们种种联想啊。于是,有人报告连队领导,连队领导闻讯大惊,决定刨根究底。一查,这小扁豆家里还真有点“政治历史问题”,于是,立即宣布召开大会,由两个民兵把小扁豆押到台上。

连长首先登上讲台,用一口崇明乡音慷慨激昂地说:“同志们哪,树欲静而风不止。这阶级敌人是屋檐下的洋葱,根焦叶烂心不死啊!”会场上,顿时响起一阵口号声。可怜的小扁豆,没见过这阵势,一紧张,腿有点打战,可嘴巴依然一动一动的,不知在嘀咕什么……

若干年后,雨过天晴,农场老职工相聚一堂。见餐桌上有盘绿豆芽,有人便想起当年那一幕,问在座的小扁豆:“当时你在台上嘀咕什么呀?”小扁豆回答："当时，我想说，绿豆芽生长不靠太阳光，要靠电灯光。但吓也吓死了，哪能敢讲出来？"

（写于 2012.8.16）

遥忆非洲鼓乐声

肖炎是我的忘年交朋友,长我 20 岁。当年,我们同在市文化局工作,常在一起聊天。肖炎阅历丰富,似乎有讲不完的故事。如今,悠悠 20 年过去,许多故事淡忘了,唯有一件事依然铭刻在我心里,那就是当年他走出“牛棚”为埃塞俄比亚皇帝谱曲的故事。

说起“牛棚”,年轻人可能感到陌生,那是“文革”中以莫须有罪名关押人的地方。时年 40 岁的肖炎,从小参加中国共产党领导的少年文艺团体新安旅行团,是历经战火考验的革命文艺工作者。然而,在那黑白颠倒的年月里,却也承受冤屈,被关进上海西郊舞蹈大院的“牛棚”里,接受“隔离审查”。

未料,正当他在“牛棚”苦度时光时,一个意外机会悄悄来临了。

1971 年 10 月,刚刚经历了“九一三”林彪事件冲击的中国,迎来了一起重大的外交事件。10 月 5 日,埃塞俄比亚皇帝海尔·塞拉西一世访问

敲击非洲鼓

北京，在北京会见毛泽东主席后，将在周恩来总理陪同下访问上海。

中国政府高度重视塞拉西皇帝访华。从外交部传来高层指示，要求上海细致入微地做好接待工作。在礼宾工作要求中，甚至包含了这样一个重要细节：在欢迎晚宴上，应演奏一首埃塞俄比亚乐曲。

当时，中国与埃塞俄比亚尚未建立外交关系，中国人对那个遥远的国度了解甚少，时间又如此紧迫，到哪里寻找一位作曲家，能在数天时间里，谱写出一首原汁原味的埃塞俄比亚歌曲？

任务下达到文化系统，当事人一时束手无策。情急之下，有人想起了肖炎。60 年代初，作为音乐家的肖炎曾随同屈武将军访问非洲，时隔 10 年，他是否对埃塞俄比亚歌曲还留有印象？当事人忙问肖炎何在，答案是正关押在西郊的“牛棚”里。

于是，随着一声令下，肖炎连夜被“解放”出来，接受了这突如其来的任务。他回到了家，在废墟般乱七八糟的家里，凭借记忆，翻检故纸堆，终于翻出几页乐谱。那是当年在非洲载歌载舞的人群中匆匆记下的草稿。看着这几页乐谱，他渐渐回想起当年的情景：在覆盖着各色鲜花的山脚和溪谷，非洲姑娘们在鼓乐声中跳起欢快的舞蹈，时而轻盈如风，时而急骤如雨，充满了非洲音乐特有的节奏……

以此为据，肖炎谱写出一首充满埃塞俄比亚民族风情的歌曲。

10 月 10 日晚，欢迎宴会开始了。当周总理陪同塞拉西皇帝缓缓步入大厅时，乐队在肖炎指挥下奏起了这首匆匆谱就的乐曲。此刻，听到来自家乡的乐曲声，远道而来的皇帝显得格外激动。伴随着旋律，他频频鼓掌，走向乐队。待一曲终结，他紧紧握住了肖炎的手。

这是特殊年代的谱曲故事。肖炎无论如何也没有想到，当年在遥远的非洲匆匆记下的几页草稿，会在日后的国事活动中发挥重要作用。当然，他也没有想到，自己会以这样一种方式走出“牛棚”。

（写于 2012.11.7　曾刊于《金色年代》）

与名人同行

我曾与名人同行，因此，也曾分享众人投向他们的目光。

这目光，首先是热切的，温馨的。记得随一个代表团访问印度、尼泊尔时，我与著名表演艺术家濮存昕同行，亲身感受到追星族的热情。在通往泰姬陵的公路旁，在高空飞行的机舱内，在大使馆的馆舍里，那感人的目光来自解放军访问团成员，来自机务人员，也来自大使馆工作人员。人们争先恐后与濮存昕合影。那些戴着大校上校肩章的军人，还端端正正地向他敬礼。

在上海，我也曾被这种目光感染。一次，我与著名笑星王汝刚前往医院探望老艺术家。王汝刚在上海人中享有很高的知名度，外地同行曾流传一句话，上海有条黄浦江，人人喜欢王汝刚。这句顺口溜，表明了人们对曲艺家们的钟爱。因此，与他同行，无论在马路旁，在走廊里，还是电梯内，总是不断有人向他投以温馨的目光，显露自然的微笑。此时，我忍不住对王

偕王汝刚探望杨华生老师

汝刚说，你把笑声送给观众，观众把笑脸献给了你，你真幸福啊。汝刚回答，我这辈子最大的幸福，就是服务了四代上海观众，从王小毛的爷爷辈，到王小毛的儿子辈。

无疑，艺术家受到人们尊崇的注目，是有充分理由的。因为他们以精湛的艺术，给人们带来了美的享受；因为他们热心公益，向社会奉献了爱心；因为他们勤奋敬业，谦虚待人，留下了良好的口碑。与名人同行，你可以感受到，对一个德艺双馨的艺术家，人们怀有怎样尊敬的情感。处在他们身旁，我始终被这种情感深深地感动。

其实，公众的目光，不仅是温馨的，也是充满期待的。因为人们热爱自己的艺术家,同样对艺术家有道德要求。他们要求艺术家追求高尚的道德情操,具有良好的个人品德;要求艺术家带头守法,崇德尚艺,品行高洁,远离丑闻。记得那天从医院出来,我曾对王汝刚说,在上海,几乎人人都认识你,看来,你这辈子只能做好事,不能做坏事啦。王汝刚点点头,一脸虔诚地说,是的,随时接受群众监督。

说来也巧,与名人同行,还真的受到了群众监督。那是一天中午,我和何麟过马路时边走边说话,没注意马路对面已亮起红灯。正要径直前行,被一位手执小旗的协管员拦住了。协管员是位中年妇女,只见她挥起小旗,很严肃地对何麟说:“你不是电视里的公安局长吗?公安局长要带头遵守交通规则啊。”何麟是著名影视表演艺术家,曾在电视剧《儿女情长》中饰演憨厚的大哥,因此闻名天下,尽管近几年因忙于文联工作拍片少了,但依然会被老观众认出来。此刻,只见身材高大的何麟,在矮小瘦弱的协管员面前,像小学生似的诺诺称是,脸也红了。

与名人同行,使我从众人的目光中,感受到一个人享有的尊敬和他的行为举止总是相一致的,从而领悟到做人应有的追求。

(写于2013.3.2　曾刊于《金色年代》)

醉酒故事

画展上看到唐云先生一幅作品，上画一盆兰花，一个酒壶，一排酒杯。旁有题词："酒能乱性，少饮则佳，若多吃点，不闻香花。唐云自诫。"不知唐云先生是在何种情况下创作此画的。遥想当年，画的背后，一定有过一个精彩的醉酒故事吧？

向唐云之子唐逸览先生打听此事，果不其然。逸览先生赠我一本《唐云传》，是著名记者郑重先生的大作。里面记载了一个个醉酒故事，其中，既有当年唐云先生在杭州净慈寺一度被王映霞灌醉的经历，也有唐云先生年轻时背着酒篓子醉中过黄山鲫鱼背的豪举，可谓惊心动魄，令人过目难忘。

其实，人世间，历代流传的形态各异的醉酒故事何止千万！哪个饮酒者不珍藏着几个亲历的醉酒故事？我在这里也奉献几个故事，其特点是醉后不忘恋家，然而，因为醉酒，仍不免引人一哂。

一位朋友，酒喝多了，被人搀扶到一间房间休息。躺下之际，想起该给妻子通个音讯。那时，还没有流行手机，只见他拿起床头柜的话筒，按下号码，拨通了家里电话，开口大声说了一声“喂——”，听到话筒里传来妻子的声音，顿时感到心头一松，便昏沉沉地睡过去了。那边守着电话的妻子，只听到一声“喂——”，不知出了何事，紧张得一阵忙乱，哪知老公早已在酒店酩酊大醉，呼呼入睡。

另一位朋友的故事，大同小异。他喝得晕晕乎乎，被人送到住宅小区，依然直说自己没醉，推开搀扶着的友人，自个儿摇摇晃晃走到家门口。一见家门，顿时感到心头一松，未及按响门铃，便腿脚一软，哧溜一下瘫坐在地上睡着了。妻子见他久久不归，打电话四处打听，朋友说早已把他送回家了，妻子赶紧开门寻人，一看，老公蜷缩在门口，睡得正香呢。

还有一位朋友，也是喝醉酒被人搀扶着送回家。到了家门口，他一定要亲自打开家门，向家人证明自己安然无恙。只见他掏出钥匙，欲开房门，哆哆嗦嗦弄了好久，也没能把钥匙插进锁孔。陪着他的友人说，我来帮你开门吧。他仍然紧攥着钥匙，结结巴巴地说：“没没事，我我我自己来，你你你帮我，把门框扶一下就行了。”

以上三则故事的特征，都是醉酒之后念念不忘向家人报平安。但毕竟因为醉酒，丧失了语言能力或行动能力，以致演绎成博人一笑的故事。

曹操诗曰：“对酒当歌，人生几何？”“何以解忧？惟有杜康”。酒能激发灵感，酒能舒筋活血，也能调节心情。但是，凡事皆有度，喝酒过了度，就难免出洋相。欢声笑语之中，推杯换盏之际，一定要顾及自己的健康，考虑家人的感受。唐云先生的告诫至今依然值得我们记取。

（写于 2013.6.8　曾刊于《金色年代》）

一件外套的故事

迁入新居后，从书房窗口眺望，可以看到长风公园的银锄湖。远远望去，一泓湖水，时而波光粼粼，时而映照蓝天。此刻，我会蓦然想起41年前的一件往事。

那时，我在地处杨浦的冶炼厂援外试验工场工作，昼夜三班倒，工作很辛苦，但同事之间相处得极其融洽。1972年初夏的一个周日，我和老贾、大宋等相约到长风公园游玩。我们来到银锄湖边，租船游湖。只见湖面碧波荡漾，令人心旷神怡。不一会儿，因为感觉炎热，老贾脱下外套，置于膝盖。谁知，由于膝盖与船帮齐平，而人则专注于划桨，不知不觉间，膝盖上的外套悄无声息地滑入了湖中，老贾没有察觉。待到游船靠岸收缰，才发现身上的外套不知去向。

老贾是北京矿冶研究院的工程师，来上海参与试验工作，与我们朝夕相处，亲如兄弟。虽被称为“老贾”，其实也只是个30多岁的年轻人。他

长风公园银锄湖

的工资比我们当时的36元族高一点，但也高得有限，在那个低工资时代，白白丢失一件咔叽布料外套，毕竟是不小的损失，实在是蛮令人心疼的。因此，尽管老贾宽慰我们，一再说没事没事，我们却感觉不是滋味。

第二天正好上早班，老贾丢失外套的事传开了，大家不约而同要帮助他把衣服找回来。下班铃声一响，只见十几个小伙子匆匆洗完澡，齐刷刷地跨上自行车，便向地处西区的长风公园进发了。阳光下，车队一路西行，真是威风凛凛啊。

来到公园后，我们找到管理人员，说明事情的原委，不知怎么的，居然得到了他们的许可。

于是，小伙子们脱去上衣，光着膀子，趟进了湖里。大家手拉着手，仿佛组成一张网，齐整整地沿着湖岸一遍遍扫荡过去。湖泥掩埋了脚，拔出来继续前行；水草缠住了脚，挣脱了继续跋涉；湖底尖石磕痛了脚，咬咬牙继续坚持。每个人凭借脚下的感觉，搜索着可能存在的老贾的外套……

我的父亲

多少年过去了，我依然记得当年的情景：十几个小伙子组成一支搜索队，在湖面整整搜索了近两个小时。旁人以为我们在捞鱼，哪知我们是在为同伴寻找一件衣服。如果知悉内情，他们一定会嘲笑这种徒劳的付出。然而，当时在我们自己看来，却是多么壮观的一幕！

傍晚，随着阵阵凉风吹来，小伙子们一个个哆嗦着爬上了岸。老贾的衣服依然没有找到。若干天后，我的父亲，一位老实厚道的裁缝师傅，在知悉我们下湖捞衣的壮观一幕后，深受感动，悄悄买了块布，为老贾作了件新衣。

今日重见银锄湖,令我想起了这件外套的往事。时隔41年,我依旧怀念当年在银锄湖水中荡漾的友情,怀念那种纯洁无瑕的人际关系。在物质生活日渐丰富的今天,当年那种人间的真诚情感愈显珍贵,值得我们久久回味。

(写于2013.8.16 曾刊于《金色年代》)

坐拥书亭苦与乐

他们曾是社会的弱势人群:改革大潮中的下岗工人,进城务工者的亲属,生活无着的困难人员。

他们工作在熙熙攘攘的马路边,面对着喧嚣纷扰的世界,承受过各种各样的目光:热诚的,同情的,冷漠的,轻蔑的。

他们从事着辛苦的工作:在几平方米的天地里,把成百上千种书报刊整理得井井有条,还要承接结算水电煤杂费等各类服务。

他们身处艰苦的环境:在薄薄的铁皮木板构成的亭子里,在远离空调的环境里,夏天承受酷暑,冬天难挡寒风。

……

不用细说,您也知道,我这里说的,是东方书报亭的营业员,一群普普通通的劳动者。他们文化程度不高,经济收入也不高,但是,他们中的许多人,有着不俗的精神追求。

访问东方书报亭

1998年11月28日，东方书报亭在再就业工程中应运而生。创建过程充满艰辛。记得最紧张时，整整17个晚上，相关部门负责人在邮电大厦连夜开会，研究解决各种问题。当时，我也参与其间，负责推荐印刷业下岗工人走进书报亭。这段经历，使我对东方书报亭怀有特殊的感情。

书报亭公司编有一张企业报。多年来，我从中关注它前行的足迹，关注它星星点点的闪光。

我从中感受到书报亭人的道德情操：有人面对亲人早逝的现实，以书报亭为精神家园，给自己撑起一片生活的天空；有人面对社会上的各色人等，坚持忠恕之道，热忱服务，以诚感人。更多的人，以微薄的能力，为社会奉献一份爱心:赈灾捐款,帮困助学,拾金不昧,急人救难……

许许多多故事中,最触动我的,是书报亭人爱书报的故事。

且让我从小报中摘录一点他们的心声吧:“自从进入东方书报亭后,阅读成了我的习惯,成了我生命中最大的乐趣。辛劳一天,拿一本书,会让人俗虑顿消,荣辱皆忘。”“每当月色银墙、夜幕依然的时候,捧着一本喜欢的书,我的心灵会随着文字起伏涌动。”“不知从哪一天起,我有了写点东西的想法。我发现自己写作时,内心特别平静,能抒发自己的情感,把自己的所思、所想、所悟用文字表达出来。”

请再听听书报亭人的吟唱吧:“小小书报亭是我的爱,每天迎着朝阳把门开,高峰时手忙脚乱心里痛快,闲暇时浏览报刊优哉游哉,古今中外轶闻掌故浩如烟海,时事新闻热点聚集信手拈来……”

多么可喜!那些身居小亭的人,从书报中闻到了醇厚的清香,在阅读和写作中享受着快乐。尽管工作艰苦,收入不高,他们却拥有丰富的精神世界。他们坐拥书亭,仿佛坐拥书城。在书香的熏陶下,他们从不自暴自弃,以笑脸代替愁容,以勤劳驱散贫困,在喧嚣纷扰的世界里保持着阳光的心态。

“人的一生,有书香陪伴,不亦乐乎?”这也是一种幸福观,它朴素而实在。它植根于书报亭人心里,也感染着亭外熙熙攘攘走过的人。

(写于 2013.12.19　曾刊于《浦东时报》)

致邵又芳老师的信

亲爱的邵老师:您好!

今天,我们,上海市育才中学初中(1967 届)01 班同学,在风景美丽的金山廊下生态园聚集一堂,纪念入学 50 周年。此刻,我们分外想念您,想念我们中学时代最亲近的老师,想念历经风雨始终关爱我们的老师。我们谨以全班同学的名义,向您致以最良好的问候。

悠悠岁月,过去了整整半个世纪。我们已由入学时的少年,变成了两鬓斑白的退休老人。然而,我们依然清晰地记得 50 年来您给予的教诲,记得您关爱我们的一个个小故事。作为我们的班主任老师兼英语老师,您关心我们德智体全面发展,哺育我们在人生道路上健康成长。您把段力佩校长教学改革的号召运用在实践中,既严于要求,又循循善诱,力求使我们在生动活泼的气氛中学得更扎实。您鼓励我们自行组织班级活动,在实践中培养我们的责任感,锻炼我们的能力。今天,在我们的耳边,依然回响着课堂上朗朗的晨读声，回响着歌咏大会上整齐的合唱声，回响着球场上响亮的呐喊声和喝彩声，回响着革命烈士墓前铿锵的宣誓声。那时，我们班作为一个优秀集体，是多么团结友爱，蓬勃向上，值得自豪啊！在学校组织的各项比赛中，01 班经常名列年级第一。我们清楚地知道，这一切，是您精心培育的结果。您不知为此付出了多少精力和心血。

难忘"文革"风雨骤起，在国家民族受难的时刻，您也遭受了种种磨难。今天，我们不忍回首那段人妖颠倒的历史，不忍重述那些令人痛惜的往事。我们清晰地记得，在那个特殊时期，您坚持着一个知识分子的良知，坚守着正直的品格。动乱的煎熬使我们倍感人性的珍贵，彼此的心灵在沉默中靠得更近。当我们离开学校走向农村工厂部队时，我们知道，您依然

育才中学同学与邵又芳老师合影

牵挂着我们。而一旦雨过天晴,当我们从远方归来看望您的时候,您是多么惊喜啊! 您充满关切之情,真诚地关心每一位同学,了解我们走上工作岗位后的情况。您嘱咐我们发奋读书,珍惜逝去的年华,弥补蹉跎岁月的损失。您勉励我们不受浮世喧嚣的影响,心无旁骛、持之以恒地做自己喜欢的事。您鼓励我们乐观地面对人生,保持知足常乐的心态,过朴实的生活。从您身上,我们看到了老师的善良和博爱,感受到一颗仁爱宽厚的心。您爽朗的笑声,您谆谆的教诲,像穿透林荫的阳光,温暖着我们的心房。

亲爱的邵老师,此刻,您的学生聚集一堂,回首往事,深深地怀念您当年的教诲和培育。可以告慰您的是:历经半个世纪的风雨,经受了艰苦生活的磨砺,我们在各种条件下勤奋工作,刻苦求学,在各类岗位上兢兢业业做事,做有益于社会的人,没有辜负学校的期望,没有辜负老师的培养。我们知道,此刻,您远在大洋彼岸,无法前来与我们相聚。但您一定能听到我们同学相聚的欢笑声,也一定能感受到我们思念您、感激您的殷殷之心。

亲爱的邵老师:50 年岁月使人变得苍老,唯一不变的是我们的师生情。您是我们永远尊敬爱戴的老师。“长亭外,古道边,芳草碧连天。晚风拂柳笛声残,夕阳山外山……”此刻,我们心中,回旋着这首老歌。我们思念着远隔千山万水的您,盼望着与您重聚的时刻。

衷心祝愿您健康长寿,生活幸福!

上海市育才中学初中(1967 届)01 班学生

2014 年 9 月 3 日

(此系受全班同学委托执笔致邵又芳老师的信)

那一刻我们相逢无声

金秋时节的聚会上，我遇到了他，一位30年未曾见面的老同学。细细端详，当年英俊潇洒的小伙子，双鬓出现了白霜，额头刻上了皱纹，背也微微有点驼了。老同学啊，这30年，你去哪儿了？此刻，我真想问个究竟。然而，话到嘴边，止住了。

当年，他是全班同学中的佼佼者。动荡岁月耽误了一代人的学业，他却凭借智慧和刻苦脱颖而出。一口流利的英语，赢得老师赞叹；遨游数学题海，他游刃有余；课余，他幽默风趣，爱开玩笑；清晨，他在操场奔跑，犹如一头快鹿，一圈一圈，精力无穷……

毕业后，同学各奔东西，依然保持联系。唯独他，突然间彻底消失了。聚会，不见他的身影；通讯录上，失去了他的联系方式；甚至有同学在街上遇到他，他匆匆而过，似乎不曾相识。后来，我们隐约听说，他从事着一项保密要求很高的重要工作……

相逢

30 年过去,老同学相逢于花甲之年,他终于重新出现在我们中间。他依然幽默风趣,依然机智敏捷,但是,绝口不提职业生涯。出于尊重,我们也避而不问,彼此间似乎达成一种默契。于是,那一刻,我们相逢无声。

金秋时节,是收获的季节啊。相逢之际,多少人捧出了耕耘的果实。有人捧出了凝聚心血精心创作的长篇小说,有人展示了游历欧洲实景写生留下的绘画作品,有人回顾留美攻读学位后取得的科研成果,有人叙谈历经风险创办企业成功上市的经历……果实累累啊,那果实上凝结着艰辛的汗水,映照出坚实的步履。

然而,他却沉默不语,只是静静地倾听同学的叙述,不时显露出会心的微笑,击发出赞赏的掌声。30 年了,别人硕果累累,他呢,似乎什么也没有发生过。

后来,一个偶然的机会,我听说一点他的情况。他的同事满怀敬意地谈起他。自然,没有涉及工作内容,但他的辛劳,他的业绩,可以清晰地感受到。他曾被送到美国一所著名高校深造。就在取得学位的前夜,他听从召唤,放弃一切,回归工作岗位。多年来,他历尽艰辛,屡建功绩,直至被推举为全国劳动模范。然而,那英模榜上,公布的不是他的真名,而是他的化名。他是一个隐姓埋名的奉献者。

由此,我想起另一个隐姓埋名的人:核物理学家于敏。2015 年 1 月 9 日,人民大会堂,华发稀疏的于敏坐在轮椅上,接过习近平总书记颁发的国家最高科学技术奖证书。此刻,媒体介绍,在漫长的岁月里,于敏与战友们一起,实现了氢弹突破和武器化,挺立起新中国不屈的脊梁。其间,他隐姓埋名整整 28 年。

是的,某些特殊的岗位,需要祖国的优秀儿女作无声的奉献。他们把自己的智慧与祖国的事业融合在一起。他们犹如苍鹰,从辽阔的蓝天飞过,却不曾留下任何痕迹。他们的背脊上,镌刻着历代先贤“精忠报国”四个大字。他们是不计名利无私奉献的人。

我听说,退休后的老同学,如今已是慈祥的外公,是老年大学书法班的学生。我想,如果再度聚会,我们不会相逢无声。谈孙辈,谈书法,谈养生,谈退休生活,我们会有说不尽的话题。

(写于 2015.2.8　曾刊于《联合时报》)

由祖孙对话想起的

儿时,爱唱《听妈妈讲那过去的事情》。如今,当年那“坐在高高的谷堆上”的我们,已经成为爷爷奶奶。闲时,奶奶也爱同孙女讲过去的事情,不过,孙女似乎难以理解和接受。于是,常常出现别有趣味的对话。以下是祖孙对话的一部分:

奶奶劝孙女吃西瓜:“我们小时候,夏天西瓜少,要有医生开的发烧证明,或是孕妇证明,才能买西瓜。”孙女回应:“真笨,那不会多种点嘛!”奶奶劝孙女吃鸡蛋:“我们小时候,鸡蛋很少,平时根本吃不到。”孙女叹气:“唉,我天天吃鸡蛋,都吃腻了。”奶奶说:“你现在真幸福,这么小就有机会到国内外旅游。”孙女不以为然:“那有什么?我们幼儿园小朋友都去的!”奶奶说:“小时候,我真羡慕能在少年宫跳舞的小朋友。”孙女“哼”了一声说:“我还不想去呢,星期天要早起,不能睡懒觉。”

类似的对话,还有很多。奶奶爱讲“我们小时候”,孙女却不以为然。

听奶奶讲过去的事情

两人说的都是实话，却说不到一起。这当然不奇怪，她们生长在不同年代，彼此相隔了 57 个春秋。

确实，历经漫长岁月，社会发生了巨大变迁。今天的孩子，从小衣食无忧，受到百般呵护，不了解过去的艰难困苦，不理解今天的一切来之不易。因此，作为祖辈，有必要同孩子讲讲过去的生活史奋斗史，讲讲中国人的很多传统美德。这方面，前辈为我们作出了榜样。

妻子至今记得儿时随父亲经受劳动锻炼的事。那是暑假期间，她和 13 岁的弟弟跟随 56 岁的父亲到码头参加劳动。那时，码头上没有什么大机械，一个个箱子，最轻的也有 50 斤重，全靠人工搬运。父女三人和码头工人一样，手搬肩扛。炎炎夏日下，汗水湿透了衣裳。待衣服吹干，唯见一层白花花的汗渍。那时，最奢侈的事便是休息时喝一碗稀稀的番茄蛋花汤，享受一次重体力工人的“特权”。回忆当年经受的锻炼，她深感，从小让孩子了解生活艰辛，培养吃苦精神，饱含着老父亲的良苦用心。这，才是真正的“父爱如山”。

我至今记得当兵时的一次紧急集合。那时，部队在陕西勉县进行艰苦的国防施工。突然，随着一阵号声，全连集合在食堂门口，面对的是一只泔脚桶。原来，桶里漂浮着四只白花花的馒头，不知是谁扔在里面的。面对全连士兵，指导员大声说道：“这么好的粮食啊，谁糟蹋的？军人浪费粮食，对得起百姓吗？解放军光荣在哪里？解放军的光荣就在于艰苦奋斗！”馒头自然被捞起来了，“以苦为荣”四个字则深深嵌入了我们心里。

如今回忆这些往事，似乎有隔世之感。然而，其中蕴含的道理并没有过时。有机会和孙辈相处的老人，该对孩子讲一点亲历的事情，让他们了解社会变迁，珍惜幸福生活，能吃苦，讲节俭。据报载，上海祖辈带孙辈的比例高达90%。我想，若老人有意识地这样做，一定会对孩子的成长、社会的进步，起到积极作用。

（写于2015.5.17）

徜徉在历史遗迹间

近日，一则关于女工塑像惊吓行人引发异议的报道，勾起我对住地周边历史遗迹的思考。

自从搬迁到长宁路苏州河畔后，我便注意到这些历史遗迹。在我家小区附近不到一平方公里的土地上，绿树丛中，散布着四个民族工业企业的遗址，分别是：21 棉遗址，上钢十厂遗址，天原化工厂遗址，上海火柴厂遗址。

遗址的草地上，矗立着艺术家创作的雕塑。你看，9 名纺织女工并肩合影，凝视远方，那是 21 棉的标志；深褐色的钢包倾倒着钢水，与浇铸钢材的模具构成塑像，那是十钢的象征；各色化学分子组成结构模型，在空间衍化聚变反应，那是天原化工厂的寓意；一幅巨型火花壁画上，巨龙昂首，云海怒卷，四角标示着醒目的“请用国货”大字，那是上海火柴厂的缩影。每当我漫步在河畔树间，途经这些遗址，常常驻足凝视，陷入沉思。

上棉21厂遗址标志

注目遗迹,令人依稀看到民族企业创业的足迹。想当年,那些爱国实业家,那些勤劳朴实的工人,在内忧外患的环境中艰辛创业,曾创造多少历史的辉煌。21棉前身,名为申新一厂,是荣氏家族在上海创办的第一家棉纺厂;天原化工厂前身,由"味精之父"吴蕴初于1929年集资创办,是我国第一家氯碱工厂;上海火柴厂前身,是"火柴大王"刘鸿生创办的大中华火柴股份公司,全盛时期产品覆盖长江流域及南方各省;十钢,则是在百废待兴的年代由39家小型钢厂合并发展起来的,曾创造热轧带钢、精密不锈钢带等多个"中国第一"。遗迹默默无语,却令人遥想:如今静谧的绿树间,

上钢十厂遗址标志

曾发生多少轰轰烈烈的壮举！

注目遗迹，也令人感受到先辈勇于抗争的民族精神。据记载，火柴厂的龙游巨型壁画，是根据20世纪40年代使用的一枚火花制作的。1940年2月，大中华火柴公司在浙江萧山的临时工场遭日本侵略军焚毁。然而，同年底，公司即在浙西龙游县设厂恢复生产，并使用龙游火花，以巨龙昂首表现了民族危亡关头中国人的不屈精神。

注目遗迹，还令人怀念那艰苦奋斗的青春岁月。四个遗迹中，十钢是

天原化工厂遗址标志

上海火柴厂遗址标志

我工作过的企业。无疑，它格外地激起我的感情波澜。凝视草地上的钢铁塑像，使我想起上世纪80年代那如火如荼的岁月。当时，我担任十钢党委书记，与同事们一起经历了难忘的日日夜夜。无论是深夜守候在轧机旁，静静等待第一根热轧卷带钢试制成功，还是欢庆企业获得全国带钢质量金奖，激情朗诵即兴创作的诗歌，一切都依然刻骨铭心！退休之际，我于无意中搬迁至十钢遗址附近，令人感到冥冥之中一种神秘的缘分。

徜徉在历史遗迹间，我常常浮想联翩。作为一名退休老人，我期待城市管理者们更多地具有历史情怀，为城市保存更多有价值的历史遗迹；期待艺术家们发挥聪明才智，创作更多具有文化内涵和历史依据的遗址雕塑；期待所有匆匆赶路的行人放慢脚步，关注和爱护路边的历史遗迹，重温历史，珍惜今天，增添一份生命的豪情。

（写于2015.7.13　曾刊于《金色年代》）

翻山越岭的日子

当兵时,我曾在贺兰山麓经历翻山越岭的日子。这里说的,却是在上海这座大都市翻山越岭的故事。

那是1980年秋天,作为首届夜大学中文系学生,我们跨进了华师大校门。身处百废待兴的年代,刚刚摆脱文革噩梦的我们,自然珍惜这一难得的机会。争分夺秒,克难攻坚,就是当年生活的真实写照。

说来奇怪,如今回想30年前的校园,最令我难忘的,既不是波光粼粼的丽娃河,也不是灯火通明的文史楼,而是校园门口那高高的中山路桥。因为那时,我经常在满天繁星下,骑着自行车,翻越那座桥。桥很陡,翻越桥面,需要鼓足勇气,仿佛翻越一座山岭。渐渐地,骑车跨越路桥成了终身难忘的意象,翻山越岭成了夜读生活的缩影。

在翻山越岭的日子里,我们接受了古今中外文学作品的熏陶。钱谷融先生说,文学就是人学。对我们这一代而言,人学是多么重要的一课!阶

华师大夜大师生合影

级斗争时代，人际仇视、冷漠、对立的弊端，给我们留下了深刻的烙印。驱除这一烙印，需要文学的滋养。正是在这一点上，五年的夜读给我们以直接的帮助，使我们懂得关注人的命运，关注人的感情世界，理解人，关心人，尊重人，激励人，也使我们提高了语言文字修养，提高了表达思想感情的准确性、感染力。

在翻山越岭的日子里，我们获得了老师的言传身教。毫不夸张地说，我们的任课老师，是一个优秀教师的集合体。经历了“文革”，结束了被排斥和冤屈的命运，他们重上讲台，充满激情，对我们这批“迟到的大学生”，怀有一种天然的同情和关心。他们扎实的学问，精彩的表达，使听课成为一种享受；他们一丝不苟的治学态度，给我们以强烈感染。至今记得，祝文品老师上写作课，像美术课教素描一样强调写生，像批改小学生作文一样批改作业；陈孝全老师教现代文学史，以充满诗意的语言、精准的分析，吸引人、感染人；王智量老师教俄罗斯文学，经常大段背诵作家作品，具有火一般的激情，表达了历经磨难、不向命运低头的精神。而这一切，深深地铭刻在了我们心里。

在翻山越岭的日子里，我们获得了人生的磨砺。当时，我们是在特殊情况下求学。一是时间匮乏，二是压力沉重。我的夜读五年，前三年在读冶金企业管理，全是理工课程，课业负担很重；后两年在钢厂当党委书记，工作压力很大。同时，孩子尚在襁褓之中。因此，夜读生活确是人生的一次磨砺，真的很苦。当时，那么苦为什么还追求呢？实在是有一种文学情结，有一种把失去的时间补回来的念头。因此，珍惜每一点时间，没有休息天，以星月为伴，与时间赛跑，坚韧地完成学业。毫无疑问，这种磨砺形成的惜时如金、克难攻坚精神，使人终生受益。

记得当年我写过一篇作文，题为《上海的山》。我说"上海没有山，但我们天天在翻山越岭"。那是我的真实感受。如今，我们已是退休老人，然而，翻山越岭的岁月依然留存在脑海中，激励我们继续学习，做永远没有毕业的学生，过健康而有意义的人生。

（写于 2015.8.10　曾刊于《新民晚报》）

门锁的呼唤

朋友讲述了一把门锁的故事，令我久久不能释怀。这把锁，至今依然紧紧锁着一间小屋，阻隔着两代人之间的亲情。

事情缘于上世纪 90 年代初，那是上海人住房依然紧张的年代，房子往往成为男婚女嫁的难题。有一户人家，居住在老工房底层，拥有 8 平方米小屋、13 平方米大间、一个小天井。夫妻俩生育了两个儿子。儿子渐渐成人，夫妻俩开始为儿子的婚房发愁，无奈中作出决定：谁先娶新娘，就把小屋让给谁。

不久，大儿子先办婚事，按约定住进了小屋。可是，没多久，小儿子也要办婚事了，全家再次面临窘境。怎么办？让小儿子自谋出路，几乎没有可能。对老夫妻来说，手心手背都是肉啊，怎么忍心让小儿子受委屈？于是，咬咬牙，在天井里搭建一个棚屋，由老夫妻自己居住，让出大间，给小儿子做婚房。

这种状态持续了好多年。不用说,天井里搭建的小棚,面积狭小,冬天像冰窖,夏天像火炉,老夫妻俩生活得何等艰苦！然而,像无数善良父母一样,为了儿子,他们默默承受,甘愿牺牲。当然,两个小家庭也生活得憋屈,尤其是大儿子夫妇,生养了一对双胞胎,挤得难以转身,真是苦不堪言。

星移斗转,事情终于有了转机:大儿子夫妇经过奋斗,购买了宽敞明亮的新房。人们猜想:这下好了,这家人窘迫的局面缓解了,老夫妻俩屈居小棚的苦日子到头了。

然而,结果却是出人意料:乔迁新居时,大儿子夫妇在小屋门上加了把锁！显然,并非因为留恋小屋,而是要用一把冷冰冰的铁锁表达一种心情:绝不原谅父母。原来,当年,父母腾出大房给小儿子结婚,导致了他们的心态失衡。他们认为父母违背约定,对弟弟有偏心,让他们居住狭小空间,亏待了他们多少年。于是,当他们住进新居时,依然怀着满腔怨恨,“咔嚓”一声,用铁锁封闭了那间小屋。

整整十年过去了。小屋门上的铁锁渐渐锈蚀了,居住在天井小棚里的老夫妻更加苍老了。然而,门锁依旧紧锁。多少好友劝说:打开门锁吧,放弃小屋吧,原谅老人吧。然而,锁门人依然不为所动。

有时,寒风吹过,门上的铁锁发出一阵声响,似乎它也于心不忍,发出了急切的呼唤。

门锁呼唤着家人间的宽容,呼唤锁门人设身处地地为老人着想。是呵，请想一想吧，处于那住房困难年代，父母为了儿辈，殚精竭虑，多么不容易！要他们绝对地做到“一碗水端平”，显然是一种无理的苛求。身为儿辈，请将心比心，理解老人的苦衷，感念老人的恩情吧。

其实，呼唤宽容，不仅为了老人，也是为了自己。铁锁锁住了一扇门，也锁住了两代人的心。这种滋味，对两代人来说，都是不好受的。清夜扪心自问，往往难以平静。因此，这是何苦呢？请打开铁锁，以宽容换得亲人间的和谐，也换得自己的一份好心情吧。

（写于 2015.11.11　曾刊于《金色年代》）

趣事三题

巧　辩

1993 年秋天,法国艺术大师罗丹雕塑大展首次在上海举办。主办单位设计了大展门票,门票一侧图案上印有红白蓝三种颜色。谁知门票发出翌日,法国驻沪领事馆官员便上门交涉。他说,这三色是法国国旗的颜色,印在门票上,涉嫌侵权,必须改掉。主办单位顿时急了眼:大展开幕在即,门票已经发出,收回重印根本来不及了。

怎么办?主办单位负责人作了如下一番辩解:怎么能说红白蓝三色一定代表法国国旗呢?中国人也喜欢使用红白蓝三色。不信你看,那理发店门口装着的转啊转的灯,不就是由红白蓝三种颜色组成的么?难道它也侵权了?说着,他还领着法国人沿街看了一家理发店。

望着理发店门口的灯，法国人无言以对。那红白蓝色的灯，转啊转啊转，确实把人转晕了。

偷红薯

2000 年秋天，赴文莱出席 APCE 会议途中。机场候机，大家闲聊。有人说起青年时代的农村往事，令人忍俊不禁。

那时，在江西农村插队落户，白天除草、割稻、挑担，劳动强度大，肚子老是咕咕叫，觉得吃不饱。于是，入夜，有人便跑到农田里偷红薯。看田的农民发现了，边追边骂。无奈，偷红薯的人已经跑远。

第二天傍晚时分，生产队长把知青集合起来，带到一条田埂上。他指着农田说，你们吃不饱，我知道。但你们看看清楚，田埂这边是我们队的田，田埂那边是人家队的田，你们偷红薯，也要分清界限，看准方向，要偷就偷田埂那边的，不要搞错。知青个个如小鸡啄米般点头称是。从此，夜间偷红薯，个个越过田埂，不再有人搞错。

这是饥饿年代的真实故事。讲故事的人，当年的知青，后来进了城，做了官，但那苦涩的经历，依然深印在记忆中。

让帽子拿在群众手里

2010 年隆冬，戏剧家协会举办新春联谊会，轮到剧协主席尚长荣上台致辞。只见他上台前先将鸭舌帽摘下交给别人，露出了光秃秃亮锃锃的脑袋。旁人劝他："尚老师，今天天气冷，别脱帽啦。"尚长荣回答："戴帽上

与尚长荣先生合影

台,对人不尊重,还是脱帽,让帽子拿在群众手里。”

此刻,只见台下年长者,皆发出会心一笑。

原来,“让帽子拿在群众手里”,是“文革”时一句特定的语言。当年,“横扫一切牛鬼蛇神”风起云涌,各种各样的人,被戴上了各种各样的帽子。后来,想要给他们摘帽,又怕他们“翘尾巴”。于是,发明了一句新语言,叫做“让帽子拿在群众手里”,意思是根据你的表现,可以随时给你摘帽,也可以随时给你戴帽。总之,剑悬头上,随时可以用“群众专政”的名义,把人归入“阶级敌人”的行列。

显然,这是一个带有时代印记的语言,相隔久远,难怪今天的年轻人听不懂。那听来似乎可笑的语言背后,其实充满了那无法无天年代的苦涩和辛酸。

(写于 2016.11.24)

漫步苏州河畔

那一天，在“多学科视野”研讨会上，金大陆研究员发表了《二十世纪六七十年代上海黄浦江水系污染问题研究报告》，勾起我对那段并不久远的历史的记忆。

是的，上海姓“水”，上海精神的首句是“海纳百川”，黄浦江被称为上海的“母亲河”。不言而喻，水，黄浦江水系的水，对于上海这座城市，是何等珍贵！

然而，由于百年来城市工商业的膨胀性崛起，黄浦江水系，染苍染黄，日渐污染。终于在1963年首次出现22天的“黑臭”，1964年出现33天“黑臭”，1965年出现50天“黑臭”，及至1966年－1976年整整十年间，灾难性的“黑臭”期持续出现。据1968年6月22日自来水公司紧急报告：黄浦江水质恶化，“自上游关港至下游东沟，长达约30公里的河段，一片漆黑，臭气冲天，使黄浦江和日晖港、苏州河、杨浦港连成一片，不能分辨，且黑臭范围已波及五个水厂”。更令人焦虑不安的是，由于黄浦江与郊区大小河流连绵相通，郊区的“三废”排放，开始“合围性”地侵扰黄浦江水系。江南水乡自然的村落、田野、河流，飘起了酸雾，泛起了白沫，流淌着浑浊的污水。这是多么令人触目惊心的景象！

那时至今，倏忽之间，近半个世纪过去了。值得庆幸的是，今天，黄浦江水系的状况发生了极大的改观。水流清澈，鱼儿畅游，江鸥飞翔，岸柳成荫，已成为新的景观。经历了这一巨变的上海人，面对新的景象，怎能不心潮澎湃，思绪万千。此刻，听着金先生的讲述，我的眼前，就浮现了这样几个细节。

第一个细节发生在1986年深秋。时任上海市长的江泽民同志到交大与学生对话。他展望上海发展前景，讲到黄浦江、苏州河的治理。他激动地表示，我们一定要把上海的“母亲河”治理好，将来，我还要到苏州河去钓鱼呢！当年，我们都通过电视直播听取了他慷慨激昂的演讲。可是，许多人都不相信他的话能成为现实。苏州河那么黑，那么臭，到苏州河钓鱼，岂非“天方夜谭”？

第二个细节发生在1992年农历大年初一。我随同一批文艺工作者来到合流污水治理工程工地，慰问节日加班的工人。那时，市委市政府下决心治理苏州河，花费16亿实施合流污水治理一期工程。工地热火朝天，工人连续奋战。这真是惊天地泣鬼神的大事啊。可是，这一工程对许多人来说是如此陌生，以至有的演员把“合流污水”说成了“同流合污”，一时成为笑谈。

第三个细节发生在当今。经过连续多年的艰苦奋战，黄浦江变清了，苏州河变清了，鱼儿回游了，江鸥回归了。当年被视为“天方夜谭”的景象，已经变为现实。此刻，我注意到，小区附近的苏州河畔，竖起了一块“河长制”的告示牌。它告示人们，这一段河流，一级河长是常务副市长陈寅，二级河长是普陀区区长周敏浩。按照分级管理、属地负责的原则，上海已建立市、区、街道乡镇三级河长体系。它告示人们，必须共同维护河流的洁净，严格禁止一切有损水质的行为。

傍晚，我漫步苏州河畔。凝望那清澈的水流，呼吸那清新的空气，回味脑海中浮现的细节，深深感受到水环境治理与每个人息息相关，感受到上海水环境建设的局面来之不易。自然，要推动上海水环境实现根本性好转，让上海碧水长流，依然是任重而道远。然而，既然历史上那么严重的困难局面能够扭转，那么，今天，我们理应更有信心保护好黄浦江水系，为子孙后代留下一条更加清澈美丽的母亲河。

（写于 2019.10.26　曾刊于《海派文化》）

鹤丰农庄的故事

2018年春，一个风和日丽的日子，我们来到鹤丰农庄。农庄坐落在上海浦东航头镇牌楼村。庄主是来自江苏丰县的青年妇女仇明惠。她带领员工，在此承包210亩地，开设生态农庄，已奋斗了整整九年。

仇明惠脸色红润，淳朴中有些羞涩。提起鹤丰农庄，她侃侃而谈。

2009年，鹤丰农庄投入建设，为的是接待参观世博会的宾客。潮起潮落，轰轰烈烈的世博会结束了，“农家乐”的欢乐场景过去了。下一步该往哪里走？刚刚接过经营重任的仇明惠，萌生一个念头：要走建设生态农庄之路。

看似偶然的事情，其实蕴含着必然。仇明惠萌生的念头，同社会对生态农业的呼唤有关，也同她的出身有关。仇明惠从小跟着爷爷奶奶在农村长大，学会种玉米、拔杂草、拉平车、逮泥鳅……后来，跟随爸爸来到上海，成了上海人。但她一直觉得自己骨子里还是农民的孩子。她懂得民以食为天的道理，懂得人们期盼安全食品，懂得务农要做良心农业。一次，她无意中从微信群里发现一张古代鱼菜共生的图片，顿时引起强烈兴趣。既养鱼，又种菜，实现原始形态的平衡，多好啊！图片犹如一根导火线，点燃了她心头发展生态农业的火焰。

自然，作为一个外来农民，作为两个孩子的母亲，下这个决心，是不容易的。仇明惠回忆说："当时，感觉自己的人生将要发生一个转折，由一个家族企业的传承人，变成一个生态农业的建设者，责任沉甸甸的。"

数年间，仇明惠带领她的团队，在经验丰富的农业科技专家指导下，在210亩地上建设生态农庄，走过了一条不平坦的路。且让我们匆匆回眸一望吧。

数年间，按照生态农业的要求，农庄努力做到四个100%。这就是：生物有机菌肥100%替代化肥、复合肥；生物有机菌剂100%替代农药、激素；生物有机饲料100%替代添加剂饲料；农业废弃物、厨余垃圾100%循环利用，运用微生物技术还原成有机肥。在鹤丰农庄这片土地上，告别了化肥、农药、添加剂，实现了垃圾全部回收。

数年间，运用生态农业技术，农庄迎来了新一代草莓的丰收。在全程不使用任何农药、化肥、激素的情况下，依靠微生物技术进行土壤施肥及植保管理，实现了优质草莓的大幅增长。农庄产出的草莓，咬一口酸酸的，品起来甜甜的，吃完后香香的，满是儿时草莓的味道。"生态草莓"声誉鹊起，赢得游客交口称赞。

数年间，运用生态农业技术，农庄实现了水蜜桃品种创新。鉴于农庄所处区域原有品种老化，农庄大胆引进了日本优质水蜜桃品种。据研究，该品种源自于明代上海露香园，数百年前被日本人移植东瀛，历经改良，如今回归上海，注册为“露香金桃”。由于全程采用先进技术精心栽培，农庄创造了水蜜桃甜度新纪录、密植新纪录，也创造了单树年创利新纪录。

回首创业路，鹤丰农庄的最大创造，要数鱼菜共生系统建设。仇明惠回应了微信上那张照片的呼唤，带领团队，在农庄这片土地上，实现了水的循环使用，实现了鱼菜共生的构想。

所谓鱼菜共生，是一种新型的复合耕作体系。它模仿大自然中生态循环的原理，以饵料喂鱼，鱼排出粪便，在异养菌的作用下转化成植物可吸收的营养；这些混合着粪便的水被抽到蔬菜种植槽中，经过过滤，变成清水，又回到鱼池中。如此周而复始，循环往复，水产养殖与水耕栽培相结合，实现了养鱼不换水、种菜不施肥的共生效应。

据说，鱼菜共生历史悠久。古代农民在鱼塘表面用漂浮竹筏种植蔬菜，就是它的原始形态。现代化的鱼菜共生系统，既吸收古人智慧，又吸收当代科技成果，直接把植物与鱼类整合到一体化的水系统中，形成了新型的鱼菜共生系统。这是多么不容易啊！

午后，我们漫步在农庄的小路上，目睹着鱼菜共生的奇异情景。碧绿的蔬菜在水面上盛开，各种鱼儿在水里自由地游弋。好一幅生气勃勃的景象！

“生态农业越做下去，越感觉其乐无穷，自己无形中承担了很大的社会责任。要让更多的土壤免遭除草剂、农药污染，让更多的人吃到生态安全的食品。”仇明惠述说着她的梦想。她想着鹤丰农庄的事业，想着生态技术的推广，也想着自己的家乡。她说，前年回老家探亲，看见乡村寂寥，麦田里扔着剧毒的农药瓶，白色的垃圾填满屋后河塘，心里很忧伤。她期盼早日把先进技术带回老家，联手那里的年轻人，发展生态农业。

……

离开鹤丰农庄时，每个人都露着笑脸，与仇明惠及其伙伴一一握别。人们记住了，在建设美丽中国途中，这里，有一群人在默默努力着。此刻，农庄的树一片碧绿，树的枝条吐出嫩芽，蓝天白云洁净如洗，而朴实的农庄人，一个个显得那么美丽。

（写于2020.2.19）

难忘的连环画情结

“我们都是看小人书长大的。”习近平同志在参观上海书展时的亲切话语依然回响在我耳边。

那是2007年8月20日下午，上海书展在世贸商城举办。在如潮的人流中，迎来了时任上海市委书记习近平同志。16:15，习近平同志来到上海文艺出版总社展厅。陪同他前来的有殷一璀、王仲伟、宋超、孙颙等同志。我作为总社党委书记兼社长，在展厅门口迎候他们的到来。

在上海文艺出版总社展区，习近平同志依次察看了文艺社、文化社、音乐社、书画社、画报社、百家社等出版社的展台，观看了朵云轩的木版水印演示。在浓厚的书香氛围中，他仔细听取介绍，不时询问出版工作的有关情况，有时拿起图书翻阅片刻……

当时，设置在总社展区最后的，是上海人民美术出版社的展位。除展示一般美术类图书外，该社特意布置了一个连环画展台。青砖墙壁，矮脚

习近平同志参观上海书展

板凳,老式书架,重现了当年老式弄堂的场景,营造出当年小朋友读小人书的氛围,表达了浓郁的连环画情结。

在这里,无论男女老少,都沉浸在连环画的魅力里。年长的从一页页图画文字中寻找儿时的记忆,孩子们则充满新鲜感地感受老连环画的温馨。在现场,购书的读者不时排起长龙,手捧各式连环画后欣然离开。热销的图书中,不仅有《三国演义》、《西汉演义》等经典历史故事连环画,也有连环画大师的《山乡巨变》、《小二黑结婚》等精品连环画……

习近平同志置身在人群中，感受着读者喜读连环画的情景，露出了欢欣的笑容。他拿起一本贺友直先生的《山乡巨变》，翻了几页，感慨地说："我们都是看小人书长大的。"他以质朴的语言，道出了一个历史事实，勾起了人们难以忘怀的美好记忆。

新中国建立后的五六十年代，在党和政府的倡导下，在美术工作者的努力下，连环画的创作出版曾创造了一个空前的艺术高峰。连环画成为人们喜闻乐见的精神食粮。人们在轻松愉快的阅读中获得知识，受到教育。孩子们放学归来，在连环画书摊上埋头阅读，流连忘返，从中吸取了丰富的精神营养。习近平同志曾讲述过他童年时代阅读小人书的故事。他在回忆往事时，谈起五六岁时随母亲买《岳飞传》《岳母刺字》等连环画的故事。他说："'精忠报国'四个字，我从那个时候一直记到现在，它也是我一生追求的目标。"①

其实，当年，连环画不仅成为普通百姓爱好的读物，也引起老一辈革命家的关注。据记载，1960 年前后，毛泽东同志曾把上海人民美术出版社新出版的《三国演义》连环画一套(共 60 本)放在写字台上，不时翻阅。他对卫士说："小人书不简单呐，言简意赅。就这么几句话，多少大事多少人物就交代出来了，道理一目了然。"②1961 年 3 月 23 日，在广州中央工作会议

① 见 2018 年 5 月 20 日《光明日报》09 版。
② 见 1995 年 2 月 24 日《北京日报》11 版。

上，毛泽东同志曾讲到阅读小人书《东周列国志》，还劝领导同志们去找一本叫《城濮之战》的小人书仔细看看。[①]

显然，连环画，作为大众喜闻乐见的艺术形式，联结着几代人的心。难忘连环画情结，领袖和百姓是息息相通的。

时值傍晚，习近平同志结束了在总社展区的参观，与工作人员一一握手告别。他那句质朴的话语，激励着美术工作者继往开来，在新形势下传承发展好中国特色的连环画事业，让连环画继续为滋养人们的心灵、培育新的一代贡献力量。上海，作为当年连环画出版的重镇，尤其要努力啊。

（写于 2020.3.2　曾刊于《炎黄子孙》）

① 见 1997 年 1 月 16 日《北京日报》第 7 版。

自行车纪事

屈指算来,我骑自行车已有 50 多年历史。如今,已到古稀之年,依然爱骑自行车,可谓一往情深。

教我学会骑车的是初中同学刘万椿。当年,学生中拥有自行车的人寥寥无几,他是其中之一。那时,我们每天都带米到食堂蒸饭。一天,我早晨忘记在饭盒里放水,中午,面对一盒生米,眼看要挨饿。刘万椿把他的饭塞给我,自己骑了自行车匆匆回家吃饭了。后来,他教我学会了骑自行车。“让饭”与“骑车”两件事,使我一直忘不了这份友情。

我拥有自行车,是在当兵退伍之后。那时,我家住在静安区茂名路,工厂在杨浦区隆昌路,上班要穿越大半个市区,坐公交拥挤且费时,我多么期盼有一辆自行车啊。可是,一辆自行车售价 180 多元,而青年工人的工资每月只有 36 元,买车还要凭票,很不容易。我狠狠心,用当兵时每月几块钱津贴的积攒,加上父亲贴补,买了一辆 28 寸的“凤凰”,终于拥有了第一辆属于自己的自行车！

骑上这辆“凤凰”，我顿时感觉自己像插上了翅膀，每天兴奋地骑着它行驶在路上。尽管上下班单程要花费50多分钟，我还是满心欢喜，乐此不疲。

骑车是自由的，快乐的。一个人骑行，可以提高车速，锻炼自己的体力；也可以放慢节奏，欣赏沿途的风景。尤其在那公交车特别拥挤的年代，骑车可以免受车厢里逼仄闷热之苦，自由地呼吸空气，享受一份难得的清静，心情是多么舒畅！

骑车也是劳累的，辛苦的。尤其在风雨中行驶，或者在疲劳时行驶，骑行往往是一种意志的历练。不过，有付出就有获得。当我靠着自己的意志力征服狂风暴雨，征服精疲力竭，到达终点的那一刻，心里总是甜滋滋的。

回忆骑行的细节，难忘的是那些坡度大的桥面。那些桥面让我汗流浃背，也让我磨炼了意志。我在80年代曾经历5年夜校生活，经常在月光下骑着自行车，翻越校门口那座中山路桥。渐渐地，在我的记忆中，骑车跨越路桥，便成了夜读生活的缩影。

有时，骑车也会经历风险。我至今记得一次险情。那是下班途中，风雨交加，我骑着自行车沿乍浦路桥下坡。雨猛，路滑，眼见得一个老太太撑着伞迎面走来，我赶紧刹车，刹车！终于在即将撞到老太太的瞬间，把车刹住了。可老人受到惊吓，腿一软，坐在了地上，我也被吓得惊出一身冷汗。

幸运的是，老人安然无恙。

还有一次，我骑车带儿子去上学，儿子不小心把脚伸进后轮盘钢丝圈，脚后跟被轧得鲜血淋漓，送到医院缝了好几针。孩子皮肉疼，我心疼，妻子将我数落了好久……

尽管有过波折，自行车仍是我忠实的伙伴。50 多年来，不管风吹雨打，还是烈日当空，自行车陪伴我行驶了漫长的岁月，经过了数不尽的大街小巷。如今，它依然没有离开我。这几年，家人和朋友见我年纪渐老，劝我不再骑车。我理解他们的好意，可我觉得还是自行车出行方便，能适当锻炼身体，还有益于保护生态环境。只要有可能，手脚还灵便，我还想再骑几年。当然，行驶的车程要适当，预留的时间要充分，慢慢地骑行，笃悠悠地骑行，把骑车作为一种享受。

（写于 2020.3.3）

老兄弟的酒中情

与老翁相识20余年。我们时常相聚,喝点酒。如果把这些年喝掉的酒加在一起,大概可以汇合成一缸了。难忘那纯纯的酒中,蕴藏着浓浓的情。这些年,记忆渐渐退化了。可是,总有这么几顿酒,想忘也忘不了。

记得我们喝过一次特别开心的酒。有一段时间,一位友人被怀疑身染重症,病情凶险。我们多次相约,同往医院探望。当时,医院运用了多种检测手段。一时,病情有如雾障叠叠,疑云重重,令人感觉沉甸甸的。幸运的是:最后,活检结果出来,宣告险情排除!我们顿时舒出一口气。记得那晚满天星斗下,我们高兴地走出医院,沿街漫走,走进一家小餐馆。笼罩多日的乌云驱散了,我们顿感轻松。为友人脱险干杯,我们将酒倒满酒杯。两人相视一笑,一饮而尽。那酒,真是醇啊。以至多少年过去了,依然记得那醇厚的酒味。

记得我们喝过一次特别苦涩的酒。一位北京的出版家,曾在困难时刻对上海印刷业施以援手，是我们共同的友人，情深义重的兄弟。他因患重病来沪治疗，我们同去看望，为他的病情深深担忧，及至他终因不治而逝世，我们深感痛惜，也为自己援救无方而感到内疚。记得那一天，我将赶赴远方出席悼念仪式。午间，老兄弟提议，几个朋友默默相聚。默然间，想起已故友人栩栩如生的音容笑貌，想起他亲如兄弟般的情谊，顿时抑制不住悲痛心情，流下了泪水。那滴滴泪水，滴进了酒杯。几个朋友相互劝慰，其实言语间都满含悲戚。以至多少年过去了，我依然觉得那天的酒很苦，很苦。

记得我们喝过一次特别漫长的酒。当时，我遇到一件特别不愉快的事情，无处诉说，闷闷不乐。老兄弟察觉后，便把我约出来饮酒。那天，我也不知如何，竟如苦大仇深的祥林嫂一般，反反复复，喋喋不休。酒喝完了，心头依然沉重。他便陪我走进第二家小店，走进第三家小店。那一晚，我们鬼使神差般的竟在一条小街上光顾了三家酒店。他听我诉说，偶尔劝慰几句。他陪我喝酒，每次都一饮而尽，似乎要帮我把所有的郁闷一口吞掉！这在我的人生经历中，是空前的，也是绝后的。以至多少年过去了，我早已忘却工作中的不快，但依然记得他相陪的那个漫漫长夜。

现在，我们都已退休多年。我们仍在一起喝酒，只是酒量不如当年了。年岁不饶人，我们不再豪饮，多了点理性，多了点总量控制，量力而行。然而，酒还在，酒中情还在。我们依然关注对方，为朋友祝福，为朋友洒泪。

我们依然珍惜美酒，更珍惜酒中蕴含的友情和亲情。正如巴金先生说的，友情和亲情是生命中的一盏长明灯。一个人的生命如果没有亲情、友情，是没有意义的。愿长明灯长明。

（写于 2020.3.24）

第二辑　世事微言

标语中的人情味

我们这一代人,经历过阶级斗争硝烟弥漫的时代,见惯了充满刀光剑影的标语。渐渐地,在我们心目中,标语似乎就是生硬的、粗暴的、命令式的。不曾想见,人世间还会有充满人情味的标语。

第一次见到这样的标语,是在改革开放初期,工厂企业门口。“高高兴兴上班,平平安安回家”,朴素的十二个字,令人感到一股春风拂面般的温暖。目睹这样的标语,仿佛听到亲人的嘱咐,蕴含着淳朴的期望;仿佛看到工友们出入工厂大门,兴高采烈,亲如家人。无疑,这样的标语,表达了千家万户的心声。

再次见到令人难忘的标语,是在大西北的公路旁。那是一条宣传安全行车的标语:“司机一滴酒,亲人两行泪”。短短十个字,言简意赅,讲述了酒后驾车的危害,表达了深沉的忧思。它站在司机亲人的立场上,以两行清泪劝告司机不要酒后驾车,以人情的力量打动人心,具有警钟般振聋发聩的作用。

其实,如果留意,生活中还有不少这样充满人情味的标语。

“不要打架,打输住院,打赢坐牢。”这是从网上见到的一条警示标语。短短十二个字,已成为劝架标语中的金玉良言。面对脾气火爆、争胜好强的潜在斗殴者,警察如同大哥般谆谆告诫:“请想清楚打架的后果,想想可能带来的负面影响,不要光顾一时冲动哦”。刚柔相济,语重心长,既有人情味,又不乏幽默。

“给垃圾找一个合适的家。”这是我在浙江磐安十八涡景区看到的标语。它以温馨的富有人情味的语言,默默地给游客以提示:爱护景区的青山绿水,保持洁净的生态环境,不乱扔一星半点垃圾,养成良好的文明习惯。

“别让眼泪成为地球上的最后一滴水。”这条标语,语重心长地提醒人们,要无比重视爱惜地球家园,尤其要珍惜水资源,保护水资源。因为善待地球就是善待自己,虐待地球就是毁灭人类。倘若让资源在无休止的消耗中臻于枯竭,那么,届时人类就只剩下追悔莫及的眼泪了。

……

说实话,我很欣赏这类富有人情味的标语。这在很大程度上是因为我们曾经历“文革”岁月,见过太多杀气腾腾的标语,在记忆中形成了强烈的反差。我想,标语口号多,大概是中国特色的文化现象。一般来说,标语口号传递了党和政府的号召,反映了人民群众的呼声,具有教化安民的作用,具有驱恶扬善的正能量。作为最朴素最简短的宣传载体,倘能以简洁明确的文字表达意思,同时更多地融入人情味,增强打动人心的力量,该多好啊！正因为如此,在我的记忆中,那些文字凝练而蕴含人情味的标语,总是令我印象深刻,经久难忘。

(写于 2011.8.22,改于 2020.2.5)

名片故事

多年来，手头积存了不少名片。名片是用于介绍自己的，因此，格式大体相似。然而，也有那么几张，独具个性，令人回味。

一位担任领导职务的朋友，为自己设计了一张私人名片。名片上，不见职务职级，只是简单地印着姓名、电话和一张漫画。漫画寥寥数笔，略带夸张地勾勒出人的脸部特征。它似乎体现了一种理念：简单，也是一种追求，那就是回归自然。是啊，人来到世上，本来就是简简单单的，如果有机会，去掉那些后来附加的穿靴戴帽的东西，回归人的本来面目，该多好！

第二张名片来自一位香港朋友。我们本是多年老朋友，他却递上了一张新名片。原来，他刚退出工作岗位，新身份是“旅行者，书痴，乐迷，高尔夫球迷，美好事物鉴赏者”。我知道，他曾是行业领军人物，把企业经营得红红火火，至今也仍在同业中担任若干职务。但这一切，名片上一概不见。我从他的新名片中领悟到一种态度：不做企业家了，可是，要读的书还有很多,要做的事还有很多,要去的地方还有很多。人生有限,该及时转换角色,抓紧做些喜欢做而以前没时间做的事情。在这个意义上,可以说,年老,并非仅仅意味着失去,也意味着得到。你失去了那些伴随多年的头衔,却得到了新身份,得到了某种机缘,可以一了宿愿。

最令我难忘的,是画家贺友直的名片。当今画坛,何人不知,贺老乃中国连环画领域的泰斗,中国美术最高荣誉终身成就奖的获得者。然而,他的名片呈现给世人的,却是这样一幅景象:黄糙纸做的名片上,正面是幅速

与贺友直老师在一起

写，一个半秃顶的戴花镜的老头，坐在椅子上举杯自饮。两侧印有文字："有约稿者请寄信（邮编略）"，"请喝酒者拨电话（号码略）"。名片背面写有如下说明："不是为乞食，更不是想打秋风，印此名牌，乃是由沈嘉蔚君的速写引发的，是为朋友之间求得乐乐。"在那种活生生的贺式幽默中，透露出老人家看淡世俗名分的人生态度。在他眼里，虚名如浮云，自己的真实身份就是四个字："画匠酒徒"。活脱脱一个爱喝酒会画画的老顽童啊！这就是九十高龄的贺老，一个阅事无数的老人家对名誉的态度。我想，在这样的老人面前，世间那些热衷于沽名钓誉的人大概会觉得脸红的。

（写于2012.2.17　曾刊于《金色年代》）

从细节看差异

那天，朋友谈起海外生活经历，有几件小事，给我留下难忘印象。

一位朋友曾于上世纪 80 年代初出访西欧多国。那时的中国刚刚开始改革开放，考察让他大开眼界。他说，当时，有三件事令他难忘。一是看到奔驰车在高速公路上开到 180 英里。二是德国人从不迟到的守时观念。三是在英国，他发现吃饭时没有一个盘子是不吃光的。如今，30 年过去了，中国发生了巨大的变化，我们的高速公路已经四通八达。然而，细想一下，在诸如守时、节俭等观念习惯方面，与人家相比，我们是否依然存在差异？

一位朋友谈起他当年在德国法兰克福过马路的一个细节。当时，因为眼前亮起红灯，路人在两边静静等候。尽管路上没有一辆往来车辆，路人依旧安然不动。朋友觉得这样过于呆板，决定灵活一下，不等绿灯出现，便径直向马路对面走去。谁知，肩上忽然被人拍了一下，回头看，是一位身材高大的德国老太太。老太太很严肃地对这位朋友说，请遵守交通规则，假如您闯红灯，会影响我们的孩子。朋友自然收住了脚步。他的感受是：德国人严守规矩，重视为孩子树立好榜样；相比之下，我们往往忽视细节，尤其忽视给孩子带来的影响。

一位朋友谈起他在日本工厂工作时的一段经历。工厂的室外场地上，高高地堆放着许多工程用的木架，木架旁是停车场，那里停放着许多工人的私人车辆。一天上午，突然狂风大作，狂风吹倒了木架，木架砸向汽车，室外顿时传来一阵阵汽车被砸玻璃破碎的声音。谁的汽车被砸了？室内的人们不可能不关注。然而，整整一个上午，没有一个人为此奔出去查看，所有的人坚守在工作岗位上，直至中午休息。谈到此事，再联系去年大地震时居民有序排队采购生活用品的场景，朋友感慨地说，日本人的守纪守法精神，真的是渗入骨髓，成为了一种习惯。无论如何，这种素养值得我们敬重和学习。

这几个故事，让我沉思良久。我想，在今天大力推进文化建设的时候，我们应该继承民族的优良传统，也应该借鉴外国的优秀文化。这种文化，体现在日常生活中，凝固在点点滴滴的生活习惯中，表现为诸如守法、守时、敬业、节俭等等一切良好素养。改革开放以来，中国人开门看世界，推动了自身进步。今天，我们应继续以开放包容、虚怀若谷的态度，学习别人的长处，正视自己的差距，从自己做起，从教育孩子做起，不断提高国民素质。

我注意到，近日，北京市人大常委会组织众多专家完成的《国家文化中心之国际比较研究报告》，将北京与伦敦、巴黎、纽约、东京等都市作比较，从七个方面寻找了差距。其中之一，为市民文明素质和文化素养的比较。报告认为，北京市民的公共文明素质整体上有待提高，与伦敦、东京等城市相比差距更大。由此联想到我们所居住的浦东新区，在荣获全国文明城区称号后，如何正视差距，持续推进文化建设，不断提升市民的文明素养，看来同样要锲而不舍，努力，再努力啊。

（写于2012.4.5　曾刊于《浦东时报》）

名人的烦恼

人生在世,往往各有各的烦恼。拿名声而言,有的人,为默默无闻而烦恼,处心积虑想出名;有的人,却为已经出名而烦恼。

名人的烦恼,首先是遭受围观。譬如,被一个个粉丝追着合影,被一群群追星族围着签名,你再忙,也得耐着性子。大凡名人,总是担心一到公众场合被人认出。有了这层顾忌,也就丧失了一系列自由,包括商店购物、公园闲逛、上街溜达等等。普普通通的念想,都成了不切实际的奢望。一位知名艺术家,驾车时与邻车相擦,只是碰了一下反光镜,本该停车论理,转眼间只见围观者猛增,知道此处停留不得,赶紧给对方付钱,一溜烟地将车开走了。

其次,是电话骚扰的烦恼。自从手机普及,手机号码难免被煞费苦心的粉丝打听到。于是,无端地接到电话短信,一次次问候,无休止关怀,令你哭笑不得。没辙,只得一次次改用手机号。当今追星族中,不乏痴心者。一位知名艺术家,就曾遇到这样一位粉丝,口口声声宣称已经为艺术家离婚,一心一意嫁给艺术家。起初,艺术家还能耐着性子劝说,后来发现所有的话都是白说,面对无休止的纠缠,终于忍无可忍,拨打了报警电话。

其实,不要说名人会招惹麻烦,即便是生活中经常抛头露面的人,也会因此招致误会,乃至面临尴尬。一位影视演员就曾遇到这样一件事:一天晚上,见一群人在街上打架,且有凌强欺弱之势,他满怀热情,上前劝说,孰料被稍后赶来的民警不由分说一锅端地带进了公安局。民警看着他觉得眼熟,只是一时想不起此人是谁,于是对他说,你的脸好熟啊,进来几次啦?他连忙声明,我是第一次进来。民警嘲讽道,不要谦虚了,看你这张面孔,肯定是这里的常客了!演员忙说,对不起,您误会了,刚才我是劝架的。民警不信,硬要演员和那帮群殴者一起坐在板凳上深刻反思。演员急了,忙说,我还要上班,还要去化妆。民警越发觉得他形迹可疑:“你是干什么的,上班还要化妆啊?”演员无奈,只得掏出自己的工作证,民警一看,方知对方说的是实情,忙说,哎呀,你怎么不早说,快走快走。

说实话,听人诉说名人的烦恼,使我对名人深感同情。俗话说,甘蔗没有两头甜。一个人,既然名声在外,就得准备承受可能随之而来的种种烦恼。看来,我们对待名声,像对待一切身外之物一样,顺其自然为好。已经出名的，多多珍重，爱惜自己的羽毛。没有出名的，不必刻意追求出名。人活着，平平静静过日子，踏踏实实做点事，多好！

（写于 2012.6.8　曾刊于《金色年代》）

一把椅子

他，浦东开发开放事业的拓展者之一，曾在这片土地上担负领军的重任。1998 年，他奉调到北京工作，与这片热土依依惜别。

那时，占地 140 公顷的世纪公园刚刚落成。人们走进都市里的这片绿洲，漫步于连绵的绿荫，呼吸着清新的空气，是何等心旷神怡！当时，公园的一位建设者亲口告诉我，即将到北京赴任的他，在临行前，与他的妻子一起，向这座公园捐赠了一把椅子。

偌大的公园，有多少椅子啊。其中，有他们夫妇捐赠的一把。

那是多么具有人情味的举措！在曾经奋斗过的土地上，默默地做一件好事：捐赠一把椅子，让往来的游人在上面坐一坐，歇一歇，享受一下拂面的春风，感受一下人间的温馨。

那又是多么富有诗意的告别仪式！捐赠者将名字镌刻在一张普普通通的椅子背面。在那不起眼的地方，一对爱人的名字，与绿色的土地在一起，与小草的芳香在一起。我甚至激动地想，多少年后，那就是捐赠者最好的墓志铭啊。

我为这一创意深深地感动，以至久久不能忘怀。终于有一天，我有机会与他们夫妇俩相遇，忍不住提到了这把椅子。谁知，结果令我大失所望。

只见他凝神想了一会儿，摇摇头，缓缓地说，当初，是有过这一设想，但是没有最后落实。是的，那是很好的想法，我们想到了，也说了，但是没有落实。“是不是这样？”他扭头询问他的夫人。他的夫人轻轻地点点头。

我无法弄清这件事的全部真相。我想，最大的可能是，他说出这个设想后，匆匆赴京上任了，而公园的建设者替他实践了这一设想。

其实，在他主政浦东的生涯中，曾有多少次无私的捐赠啊。每年，蓝天下捐款帮困的行列中，都有他的身影。那么，在最后离别之际，向公园捐赠椅子这样一件事，他想到了，也说过了，怎么就不能算数呢？

是的，正是这样一件事，他认为是不能算数的。显然，在他的心目中，像捐赠这样的事情，一定要亲自动手，亲身参与，直至完成，否则就是无效的。因为说过了不等于做过了，纸上谈兵是不行的。

说实在的，他的回答，多少令我感到遗憾。毕竟，一个完美的故事在我眼前破灭了。但是，正是这一破灭，令我沉思良久。我从中感受到一种闪光的东西，那就是诚信。

无须赘言，诚信，对于一个人尤其是一个从政者来说，是何等重要。记得那天,闲聊之间,他谈到了当年深圳流行的著名口号:时间就是金钱,效率就是生命。他认为,这两句话,有点同义反复,应该改为:时间就是金钱,诚信就是生命。我觉得,一把椅子的故事,就是对诚信很好的诠释。

(写于 2012.6.11 曾刊于《新民晚报》)

癸巳新春话节俗

步入癸巳新春，送走春节，迎来清明，由此想到节俗问题。

节俗，即节令民俗，是民间风俗的主要载体。对节俗，如同对待民族传统文化一样，既要传承，又要更新。

首先是传承。以春节为例，作为我国民俗中最隆重、最悠久的传统节日，它历经了多少代人的传承！在我们这代人的记忆中，唯一的例外是1967年。当时，“文革”狂飙突起，报纸广播倡导“过革命化春节”。于是，在大字报的糨糊墨汁气味中，在高音喇叭的喧嚣声中，度过了一个因索然无味而终生难忘的春节。

那毕竟是荒唐年代的旧事。今天，春节依然是民间气氛最浓重的节日。家家户户离不了三件事。

一是年夜饭，又称合家团圆饭。这是中国人最看重的一次家庭聚会。数以亿计在外工作求学的人，都要从四面八方赶回家乡，与亲人团聚，高高兴兴地围坐在一起，举杯欢庆，辞旧迎新。

二是守岁。每当新年钟声响起前后，人们围坐在电视机前，收看春节晚会，以此作为守岁的重要内容。与此同时，鞭炮声此起彼伏，不绝于耳，人们以此祝福新年，成为春节特有的民俗活动。

三是拜年。至亲好友，利用节日，上门拜年，传送人际温馨；长辈给晚辈送压岁钱，以一种古已有之的仪式，祝福孩子避除邪祟，幸福吉祥，表达新春的良好心愿。

细察这些形式，无不蕴含着传统文化内涵，即亲近自然，向自然之神祈福祛灾；表达亲情，促进家庭和睦、宗族团结，等等。显然，

在历史的长河中，节俗是民族文化的载体，是促进社会健康发展的精神力量。对此，首先应该尊重和传承。

自然，随着时代变迁，节俗也有所变化。以春节习俗而言，改革开放这些年，就发生了一系列变化。比如，随着饥馑的幽灵渐渐远去，人们不再把忙吃作为过年的主要活动；有的趁假期旅游海外，除夕夜来个远程电话，给年夜饭餐桌平添了喜庆氛围；随着手机普及，短信拜年迅速兴起，减少了传统拜年四处奔波之劳；晚辈给长辈送压岁钱，表达了对长辈的孝敬和祝福。又如，送花渐成贺年礼，人们从鲜花中感受暖融融的氛围，深感与花相伴，要比酒浓菜香、炮仗声声更美妙。再如，人们注意到烟花爆竹燃放带来的污染问题，不仅减少燃放，而且呼吁予以禁止，或以电子鞭炮替代，等等。

看来，民俗也将随着时代变迁而变化。总的趋势，应该是有益于人的身心健康，有益于人际关系和谐，有益于环境洁净美丽吧。

面对即将到来的清明节俗，也有传承更新的必要。追寻历史，清明节的习俗是丰富有趣的，除了禁火、扫墓，还有踏青、荡秋千、蹴鞠、打马球、插柳等一系列风俗体育活动。这个节日中，既有祭祀先人的悲壮，又有踏青郊游的轻松，如何在继承传统的基础上有所选择，有所创造，确是值得我们深思的。

（写于 2013. 3. 11　曾刊于《金色年代》）

男儿泪

俗话说，男儿有泪不轻弹。然而，近日，我却在短短数日，三次见到男儿洒泪的情景。

一次是午餐间，与一位同事聊家事。同事今年66岁，性情开朗。谈起家庭生活的不如意，却顿时神色黯然。原来，多年前，为赡养父母，他曾接老人来家同住。然而，由于妻子气量狭小，过于苛求，弄得老人无法承受，只得要求离开，到乡下投奔女儿。那一天，秋风萧瑟之中，他送父母到十六铺码头。临别之际，悲从中来，三人竟抱头痛哭，久久不息。如今，时过境迁，父母都已作古，然而，谈起当年情景，他依然止不住大滴大滴的热泪滚落下来。我默默注视他流泪，心想，当年，为求得家庭平和，他不得已作了妥协，然而，内心深处，对父母的歉疚之情，却是终生难忘的啊。

第二次是傍晚时分。正值新学期开学，与一位年轻人谈起小孩上学的事。他儿子与我孙女都是一年级新生，所以，相谈甚欢。没想到，谈着谈着，也触碰了年轻人的伤心事。原来，年轻人是河南人，母亲已患病逝世。这些年，年轻人落户上海，事业顺畅，生活美满，几乎忘却了已故的母亲。不料，昨晚突然梦见母亲，梦境中的老人栩栩如生，问长问短。说到这里，他眼噙泪水，喃喃地说，一定是新学期开学，老人想念孙子，托梦来看望孙子了。我们忘了老人，老人还惦记着我们啊……

第三次是访谈一位同龄人。同龄人是位事业上颇具成就的专家，一年前遭遇不幸，失去了禀赋优秀极其聪慧的儿子。听说他在经受这一巨大打击后依然坚强，因此，那天谈完公事后，我怀着极其复杂的心情，小心翼翼地同他谈起这一话题。他告诉我，失去儿子后，一度悲痛欲绝，而后，终于渐渐坚强起来，想一想，要为纪念儿子做点什么。做点什么呢？经与妻子商量，决定为儿子的中学母校、大学母校分别设立一个奖学金，资助 20 名家境贫困、品学兼优的学生。做这件事，每年需花费 8 万元，相当于他全年工资收入的一半。他以此无私的举动，向需要帮助的年轻人奉献爱心，以抚慰失去爱子的伤痛，这是何等不易！那天上午，正好是他出席奖学金颁发仪式归来。我对他的坚强由衷敬佩，无比感动。然而，我也看到，他的内心依然深藏痛苦，在结束谈话时，他的眼圈一红，止不住流下了泪水。

男儿泪，使我感受到人间亲情的厚重。感念亲情，是人类的本性，也是中华民族的传统。无疑，对亲情最好的感念，就是在亲人在世时，尽量对他们好一点，再好一点，莫留下遗憾，莫留下愧疚。在他们离开人世后，记得他们，怀念他们。如能做一点公益事来纪念亲人，那自然是更高尚、更值得推崇的。

（写于 2013.10.7　曾刊于《金色年代》）

贺卡故事

过年寄上一张贺年卡，似乎是多少年的习俗。小小一张贺卡，蕴含着关怀，传递了友情，让人在寒冷的冬天感受到暖暖的春意，因此倍感珍惜，乃至珍藏许久。

现在，情况似乎渐渐变了。贺卡的内容，变得简单了，往往是在印刷好的祝辞下，签上主人的名字。自然，贺卡是精美的，贺辞也是得体的，但总让人觉得少了一点味儿，有点儿冷冰冰的感觉。

我这样说，是必然受到谴责的，因为太没有良心啦。要知道，如今的人们，生活节奏大大加快了，人们都很忙，尤其是在年前，简直是马不停蹄啊。人家在百忙中抽空写一张贺卡，已经很不容易了，你居然还嫌此卡温度不够。

其实，以上道理我也明白。只是从内心深处，更怀念那种个性化的贺卡。

与肖炎同志在一起

日前，贺友直先生同我谈起他曾送出的贺卡。一张是寄给当年身在加拿大的画家汪观清，画了一幅画，题了“外国插队”四个字，意在询问老友何时归故里。一张是寄给当年《文汇月刊》美术编辑张楚良，画了一幅画，题了一句古诗“踏花归去马蹄香”，意在褒奖老友的辛勤贡献。还有一张，寄给昆曲表演艺术家岳美缇，画的是现代版《西厢记》：张生趴在墙头，端着摄像机，正偷偷地拍摄隔壁的美人崔莺莺。张生者，影射小生岳美缇也。贺老说，这样的贺卡，书写者要有兴奋点，接受者要有雅量。我不知道当年贺老送出过多少这样的贺卡，我相信当年的接受者不仅有雅量欣然受之，而且会倍加珍惜，珍藏至今。倘若今日谁有兴致，将其一一收集起来，复制出来，那将是一份多么具有文化含量又多么有趣的艺术品！

其实，我也曾收到并珍藏过个性化的贺卡。今年80高龄的音乐家肖炎，离休后学画国画，每年随贺卡寄给我一幅作品，至今十多年了，我幅幅珍藏，积存至今。还有若干朋友，喜欢用蝇头小楷，或用钢笔，写上一段肺腑之言，或调侃之语，也令我喜欢不已。

因为，我总觉得，那里有更浓的人情味。

（写于2013.10.23　曾刊于《金色年代》）

肖炎同志随贺卡寄赠的作品

聚会有感

今年初秋，是大学毕业30年。有热心同学召集，全班同学相聚于南翔附近的庄园。

那一天，久别重逢的同学，聚谈于厅堂，会餐于雅室，漫步于小路。觥盏交错之间，把酒言欢；忆昔抚今之际，敞开心扉。及至曲终人散，匆匆一别，留下几多回味。

一是倍感时光匆匆，人生苦短。我们这代学生，是所谓“迟到的大学生”。然而，当时毕竟年轻，又逢改革开放，个个意气风发，充满向上的氛围。谁想，三十年，不过是弹指一挥间！当年的年轻后生，如今大都两鬓斑白，更有人英年早逝，令人扼腕叹息。遥想余日无多，不觉略感怅然，离别时唯余叮嘱声声：保重身体，珍惜年华，下次再聚，云云。无疑，生命短暂，余年有限，我们理应时时提醒自己：在可能的情况下，不再为身外之物而费神，不再沉溺于琐事俗务，不再因面面俱到而分散精力，专心做一点自己有

管专 01 班排球队 1982 年夺冠合影

兴趣的事情吧。

二是倍感要淡泊名利，潇洒生活。回首平生，由于人生际遇不同，有人走得顺畅，有人经历坎坷。如果说，我们内心曾经为此波澜起伏，那么，现在则大可不必了。人生本无高低贵贱之分，只要对事业尽心尽力，就算作了贡献。心安理得，问心无愧，便是人生理想境界。环顾今日同学，或热衷于老年大学，或沉浸于棋牌大战，或埋头于陪伴孙儿，或专注于侍弄花草，一样的赋闲，各自不同的精彩。显然，人生就是这样，无论际遇如何，喧闹总要归于平静，绚烂总要归于平淡，最终都将回归自然。让我们学会享受

管专01班排球队原班人马2019年合影

生活，享受心灵的宁静、精神的愉悦、人与自然的交融吧。

三是倍感要关心别人，尤其要想想比你不幸的人。这是聚会给予我的最深感悟。无疑，退休后，生活中依然会遇到种种不如意。一位同学私下里对我说，一段时间以来，似乎麻烦不断，为老人忧心，为孩子担心，郁郁寡欢，顾影自怜，似乎成了一个最可怜的人。然而，那天回到同学圈，回顾四周，忽然发现远远不是这么回事，比自己不幸的人有的是！这些年来，同学中，固然有生活幸福美满的，但遭遇矛盾困难的也不少，有身患重症的、有痛失爱子的、也有身陷官司的。他们大都凭借意志，走出心灵困境，开辟新的生活天地。与他们相比，自己的麻烦实在算不了什么，已经很幸运了。听了他的这番话，使我顿时感悟到，一个人，开阔眼界和胸襟是多么重要。

人生路上，不管遇到什么困难，世上总有比你悲苦的人。当你内心感觉憋屈时，请想想他们吧，想想他们是怎么过来的，你会感到命运之神依然是眷顾你的，你会感到人间的坎坷总是可以跨越的，你会对别人的命运产生同情和关切，想一想如何伸出手去扶人一把。

这，就是我的聚会感悟。谨以记之，并献给我的同龄人。

（写于 2013.11.13　曾刊于《金色年代》）

冬日记事

一

中午，从一家画廊出来，走在冬季和煦的阳光下。此刻，画展上的掌声、闪光灯的咔嚓声，仍在耳边回响。无疑，画展场面盛大，嘉宾云集，令人难忘。

沿着人行道向南，来到马路拐弯处，忽然看到一位老人摆设的小摊。哦，小摊上，摆放着用各色塑料电线和铜丝做成的玩具车辆，有自行车、三轮车、摩托车，一件件造型精巧，色彩鲜艳。老人穿着厚棉袄，戴着绒线帽，带着老花镜，拿着小铁钳，正专注于制作新产品。冷清的小摊，在冬季阳光的照耀下，透出一种温馨。我蹲在摊前与老人交谈。老人告诉我，他祖籍扬州，13 岁来上海学徒，在一家商店当电工，今年 82 岁。多年来，他在工

街头艺人

作之余摸索出一套编造玩具的手艺，如今，设一个小摊，挣几个小钱，也为冬季的城市增添了一丝韵味。

望着这街角一景，我想，民间该有多少能工巧匠啊。他们从事的，不也是一种艺术创造么？我们的社会，固然需要画廊艺术，同时也应爱护街头艺术。要创造一种更好地释放艺术生产力的环境，让社会呈现丰富多彩的创造氛围。据悉，市人大已通过有关议案，行业协会正牵头推进，静安公园门口出现了首批持证上岗的街头艺人，有提琴演奏、玻璃球表演、气球制作等等。这是一个多好的开端啊！

二

迎着冬日的阳光匆匆行走。由于内急，想到了公厕问题。

公厕无疑是社会文明的标志之一。然而,我们的城市,在大规模改造过程中,对此是有所忽略的。公厕分布少,造成行人的尴尬,尤其给老人带来不便。

说来也巧,那天路过新华路番禺路口,无意中抬头,望见空中一块指示牌,上面除公厕标志外,还有引人注目的8个字:“上海影城,为你服务”,箭头指向,正是上海影城大门。说实在的,那一瞬间,我很感动。其实,我们的城市,要解决公厕问题,除合理布点外,引导沿街单位向社会开放,该是一个应急良策。然而,有多少单位愿意向社会开放厕所呢?有多少单位会主动设牌欢迎你呢?而上海影城,一个如此重要和典雅的城市文化设施,却带头这样做了。显然,这是公众意识的反映,是文明素养的显现。它犹如一缕温暖的阳光,照射在人们心里,在这冷漠的冬季,尤显难能可贵。

三

沐浴在和煦的阳光下,我想起入冬以来感动自己的一些事。在餐厅,我听到人们用AA制聚餐的议论,感受到公款消费的日益远离;在街道,我参加学习节活动,感受到读书尤其是诵读经典的风气回归;在街头,我看到铲除黑广告、随手捡垃圾的志愿者,感受到雷锋精神依然活在我们中间……

无疑，今天，我们的社会依然存在诸多负面现象，许多人感慨世风日下。然而，正能量同样存在，正如这冬季的阳光一样。我想，冬季的阳光或许是微弱的，然而，它给人以温暖，给人以希望。正因为如此，它值得我们倍加呵护，倍加弘扬。

（写于 2014.12.27　曾刊于《金色年代》）

难忘搜寻那一刻

正是阳春三月，孙女拿到了一架遥控飞机，拉着我来到小区草坪上试飞。我们把飞机安放在草坪中央，开启控制器。顷刻间，机身渐渐升高，飞向空中。啊，超越了头顶，超越了路灯，超越了高高的梧桐树，盘旋在高楼窗口，盘旋在蓝天白云下。试飞成功了！孙女激动得大声喊叫，小脸蛋涨得通红。

没想到，遥控飞机会突然失控。那一刻，一阵狂风吹来，飞机急速下降，直愣愣地栽进了远处密密的树丛中。

于是，我们开始了急切的搜寻。拨开层层叠叠的冬青树，扒开厚厚实实的草丛，一步步行进，搜寻每一个可能藏匿着飞机的角落。可是，茫茫树丛中，飞机无影无踪。此刻，路边走来一位老汉。他是小区清洁工，平时总是推着小车精神抖擞地行走。见我们焦急地寻找着什么，便过来询问。问完，提着扫把来帮忙。于是，三人合力，时而清除树叶，察看地面；时而拨开

遥控飞机起飞了

树枝，扫视空中。整整半个小时过去了，藏在树丛中的飞机终于被找到了！兴奋之余，我望着满脸皱纹、头发花白的老汉，内心一阵感动。我想，他的年纪应是有孙子了，他的孙子或许没有玩过遥控飞机，可是他却满怀热情，帮助素不相识的我们。我从中感受到一股暖流。

此后，搜寻遥控飞机，感受到邻里情谊，还不止一次。飞机出现故障时，物业师傅热心借给我们工具；飞机上掉落零部件，邻家孩子匆匆送还。一次，飞机下降时挂在了树上。高高的梧桐树上，飞机灯光闪闪，仿佛眨着眼睛对我们说，我就待在这儿啦，有本事，你们爬上来拿吧。此刻，一位胖胖的外国老太路过，循着我们的眼光看见了树上的飞机，立刻停下脚步，指指飞机，递上雨伞。我明白她的意思，接过雨伞，试着勾了几下，可惜，飞机位置太高，够不着。我做了个无奈的手势，说了声谢谢，老太的回答却是一连串“对不起”，似乎没能收回飞机的责任全在她。后来,孙女灵机一动,启动控制器,逼迫飞机空中发动后掉了下来,老太居然像孩子般的叫起好来……

是的,搜寻所遇,是些细微小事,但小事使我感动,也令我感慨。其实,自从搬到这个小区后,我们跟邻居很少交往。作为现代城市居民,我们仿佛染上了冷漠的通病。同住一个单元,同在一个楼层,进来出去,电梯里不时碰到,也只是礼貌地点点头。彼此姓甚名谁,在哪里做什么工作,都可能不知道。家家的门多是防盗门,且总是紧紧关闭。以致有人感叹,现在,邻居成了最常见的陌生人。

“远亲不如近邻”,是中国人很早就认识到的一个朴素的道理。以邻为善,以邻为伴的理念,早已深入人心。然而,如今,那种邻里互助的风俗,已经渐渐式微,甚至荡然无存了。陆游那首《游山西村》的诗里有一句:“衣冠简朴古风存。”那种古风大半只留在记忆里了。搜寻遥控飞机的经历,使我依稀回想起那种古风,且期盼美好的古风更多地得到传承和发扬。

(写于 2015.3.31　曾刊于《金色年代》)

我看低调与张扬

低调与张扬，作为一种处事风格，似乎是矛盾的，但又是可以统一的。关键要看具体情景。

先说低调。上海人有句话："低调就是腔调"，说明许多人赞赏低调。我所理解的低调，就是谦虚谨慎，实事求是，待人以诚，力戒骄矜、炫耀、哗众取宠。我见过许多有学问的人，都是谦谦君子。甚至可以说，越有知识的人越谦虚，因为他们知道天地广阔，山高水长。我也见过一些人，由于自我感觉太好，在公众场合表现不得体，给人留下负面印象。比如，婚礼致辞时满口溢美之词，一味夸耀孩子，令人面面相觑；同学聚会时独自滔滔不绝，占据大量时间；友人聚餐时炫耀自己过五关斩六将的经历，睥睨天下。所有这些，显然不合时宜。遇上这种情况，真正的好友可能会提醒一句：低调点。

当然，强调低调，并非主张唯唯诺诺，委曲求全，与世无争。必要时，要

与刘发克先生(右二)及其夫人合影

敢于发声,明辨是非,维护自身权益。如果说这是张扬,那就不妨张扬一下。

友人讲述的启功先生故事,令我印象深刻。在启先生家,他遇到这样的场景:有访者劝启先生出版传记,遭启先生婉拒。尴尬之际,访者竟说,先生何必过分谦虚,过分了反让人以为虚伪。这话一出,只见启先生收起笑容,脸色一沉,提高语调,背诵了一段古文。后来知道,他背诵的是《礼记》里的一段话,大意是:天高地宽,历史源远流长,人其实很渺小,所以要懂得谦逊谨慎。此情此景，让人感觉到启先生谦虚而有风骨，并非一味的老好人。

说起风骨，刘发克先生的故事同样令我难忘。刘原任台湾商务印书馆董事长，身为长辈，待人随和，笑眯眯的，像一尊菩萨。然而，紧要时刻，他不卑不亢，绝不懦弱退让。

他喜欢讲述年轻时在美国亲历的两件事。

一是偕同学乘船赴美留学。抵岸后，一同学被海关以“X 光片不清楚”为由拘留。刘自告奋勇，留下陪伴，在拘留所度过一夜。次日，同学经检验被放行。刘虑及此行人生地不熟，又有一堆行李，便据理力争，坚决要求坐拘留所警车前往学校，最终争取到警车为其送行的结果。

二是驾车追随一辆大卡车过斑马线时，绿灯转为红灯，被警察截住，吃了罚单。刘心有不平，连日上图书馆查阅交通规则，并将当日路面情况及警察所站位置，绘成图像。待法庭开庭，法官正想照本宣科，岂料刘拒不认罪，而且展示图像，据理力争，直至法官转变态度，直至当事警察耸耸双肩，不再说话。

这两件事，刘津津乐道，用以说明一个道理：遇事怯弱，息事宁人，往往被人欺负，让人看不起。国人应改变这种性格弱点，只要合法合理，就要敢于抗争，保障自己权益。

看来，低调与张扬，是可以统一的。谦虚而不失风骨，厚道而不失棱角,两者是可以兼备的。中国传统文化讲求中庸之道,讲求适度,我们为人处世也一样,既不能过分低调,也不能一味张扬,应以适度为好。

(写于 2014.11.13)

“最美图书”前的沉思

真是同胞足迹遍天涯。两位友人不约而同地谈及,他们近来赴塞尔维亚游玩过了。我顿觉心里怦然一动。

无疑,对很多人而言,塞尔维亚曾是个陌生的国名。我也一样,以前对它几乎没有印象。关注塞尔维亚,首先是因为体育。我由喜欢网球明星德约克维奇,知道了塞尔维亚;由里约奥运会那山呼海啸般的女排决赛,记住了塞尔维亚这个名字。

关注塞尔维亚,更因为一本书。它与南斯拉夫内战相关,被评为今年“世界最美的书”。那是 2016 年 8 月 20 日下午,正值里约奥运期间,我来到人潮涌动的上海书展,在友人祝君波先生引领下,参观“世界最美的书”展位。工作人员小心翼翼地打开玻璃柜,捧出一本荣获今年莱比锡“世界最美的书”评委会大奖的图书。书是荷兰设计师 Titus Knegtel 设计的,书名《Other Evidence:Blindfold》,是一本以斯雷布雷尼察血案为主题的书籍。

书籍的装帧并不复杂，由两部分组成，通过简单的铆钉对折装订。据说，设计师希望用干净利落、客观冷静的态度来缅怀逝者。书中包括坟墓照片，包括死者照片，也包括遭处决人员在最后一刻被用布条蒙上眼睛的照片，总之，以一种令人毛骨悚然的方式再现了悲惨的情景，给人带来强烈的心灵震撼。

面对这“世界最美的书”，使人想起那场与塞尔维亚相关的悲剧。

那是20世纪90年代初，南斯拉夫的土地上，经济危机引发持续的通货膨胀，人民生活水平急剧下降。在西方推动的“民主化”浪潮冲击下，人们天真地以为西方的政治制度是解决问题的万应良药。政党林立的局面迅速出现，各党派纷纷高举民粹主义大旗争取选票。国家解体的悲剧由此降临。从斯洛文尼亚开始，一个个民族脱离联邦，宣布独立。内战像多米诺骨牌般发生，最终导致20多万人丧生，无数人致残，创下了二战后欧洲最大的人间悲剧。顷刻间，一个国家，分裂成6个国家，其中包括塞尔维亚。

据说，对内战的历史责任，至今依然存在争议。但分裂和内战给人民带来巨大的灾难性后果，却是不争的事实。呈现在“世界最美的书”中的，正是这血淋淋的事实。

直至今天，人们依然对南斯拉夫留有深刻印象。我们这代人都熟悉这个国家。通过电影《瓦尔特保卫萨拉热窝》，知道南斯拉夫游击队英勇善战，为反法西斯战争作出过重大贡献。我们都熟知毛泽东主席的话，“铁托像铁一样硬”。很多球迷也都知道南斯拉夫是传统的体育强国。然而，一场风雨之后，好端端的一个国家，说没就没了。其间流淌了多少人的鲜血，更是我们这些置身事外的人难以想象。面对“最美的书”留存的历史悲剧，岂不令人扼腕，发人深省？

今天，艰难地克服困境的塞尔维亚，正以其丰厚的人文地理历史资源，成为欧洲新的旅游点。我觉得，在观赏她山山水水的同时，记住那些历史故事，不忘前车之鉴，将激励我们倍加珍惜祖国的统一，民族的团结，不断增强中华民族的凝聚力，警惕一切分裂中国的图谋，努力实现中华民族伟大复兴的中国梦。

（写于 2016.10.11　曾刊于《上海法治报》）

新年新向往

在新年钟声即将敲响之际,想说说我的新年新向往。

一愿祖国更强盛。新年前夕,党中央发出了“全面建成小康社会”的伟大号召,习近平总书记阐述了中华民族的强国梦,发出了承前启后、继往开来、实现民族复兴的誓言,平静的话语中蕴含着激动人心的力量!遥想40年前,中国尚处于动荡不安的岁月。那时,我是一个青年,正在一家大型企业做工。一个偶然机会,听取一位资深外交人士的录音报告,报告末尾“弱国无外交”五个字深深地嵌入了我的心房。那时,中国在外交战线取得了重大突破,但国力还很弱很弱。在车间现场,我曾与一位来自外贸系统的“战高温”干部闲聊,谈起中美经济差距,数字真是大得惊人。当时,中国的经济总量只是美国一个零头啊!而且,差距还在不断扩大。我清晰记得谈及此事的人那一脸忧郁的表情。今天,情况发生了巨变,就经济总量而言,中国已成为第二大经济体,且正日益逼近美国。作为这一历

与王智量老师合影

史进程的见证人,我为祖国的进步由衷自豪,更期盼追赶的脚步不停留。

二愿风气更清明。这些年,很多人为党风社会风气方面存在的问题而担忧,甚至对此失去信心。新年前夕,我们欣喜地得知,党中央新的领导集体对此有清醒的意识,不仅发出振聋发聩的警示,而且作出了切实可行的规定。这一切,犹如一股清新之风扑面而来。事实证明,惩治腐败,整肃风纪,深得党心军心民心。人们期盼,这股清新之风将会越来越强劲地吹拂神州大地。近日,遇到一件亲身经历的事,我的家乡政府取消了每年到上海举办新春联谊会的惯例。接到这一"道歉"告示,我内心觉得很舒坦,因为我理解,这是以实际行动减少各类应酬活动,让各级官员在佳节前夕,从举杯推盏的活动中解脱出来,多一点时间走基层,想想改革发展大事,办点体恤民众的实事。这样的取向,不也是一股清新之风吗?

三愿生活更滋润。作为共和国的同龄人,我们也已进入退休年龄。愿我们珍惜丰衣足食的时代条件,汲取老一辈人养生的宝贵经验,既发挥余热,又颐养天年。这些年,我有机会接触一些长寿老人,从他们身上深受教益。比如,当年金山石化总厂总指挥龚兆源先生,叱咤风云,辛劳一生,如今 94 岁,依然面色红润,行走自如。前不久,他在凛冽寒风中带我们重游金山。他将养生之道概括为 12 个字:“脑要用,身要动,心要松,腹要空(指三餐不过饱)”。又如,去年,参观王智量教授书画展,参观严德泰先生油画展,都使我激动不已。王智量是著名的俄罗斯文学专家,年轻时历尽困苦,今年 85 岁,依然沉浸于艺术海洋中,去年与两位老教授共同举办“雕虫三老”书画展,我躬逢其盛,只见他穿一身红衣裳,精神抖擞,声如洪钟。严德泰老人,今年 83 岁,曾身患重病,于腰间植入钢板,依然坚持创作,新作不断,真是愈老愈健,令人神往。愿在新的一年,我们能以这些老人为榜样,科学养生,文化养生,珍惜宝贵岁月,欢度美好时光。

(写于 2017.3.24　曾刊于《金色年代》)

直呼其名漫议

一般而言,小辈对长辈直呼其名,是被看作不礼貌的。在传统文化里,这种现象,叫做避长者讳。朋友陈卫平,是大学哲学教授,研究传统文化的专家。有一次,他很感慨地对我说:“现在有些年轻人不懂礼仪。昨晚家里座机来电,儿子接听了,一听是找我的,居然照着来电呼喊一声:陈卫平电话!”显然,陈教授对此事不能释怀。他叹口气说:“年轻人不懂长幼尊卑。这种事情,在古代,是要杀头的。”

不知古时哪个朝代戒律真有这么严厉。只记得《三国志》里有这样的记载:马超因为恃宠骄傲,直呼刘备的字。关羽怒发冲冠,“请杀之”。这便是直呼其名惹的祸。

虽然,如今世道发生了很大变化,我们的家教,依然注重引导小辈以尊称称呼长辈。但有时也有例外。小辈对长辈直呼其名,有时还被视作一种童真,在友好间传为趣闻。友人赵昌平曾记载逸事一则,描述邓明创作

《守望丹青》时全神贯注、精思结撰的情形。邓君外孙女伊伊，牙牙学语而精灵慧黠。某日，伊伊唤“外公喫饭！”连唤三声，邓君不闻。伊伊情急，举雏拳擂书房门，直呼其名：“邓明，快出来！”邓明始回天转地，抱起小精灵连称“抱歉，抱歉！”你看，叫你外公不理不睬，直呼其名一叫则灵，能怪小朋友么？小伊伊不但没受批评，还被视作聪明可爱受到夸奖呢。

其实，在这方面，我家孙女小溪有时比直呼其名更过分。她和奶奶相濡以沫，朝夕相处。某日，获悉奶奶年轻时因胖被称作“阿胖”，便以拼音首字母称其奶奶为 AP，连给奶奶的生日贺卡上也直呼 AP。她奶奶居然也乐呵呵地接受了。

当然，以上所述，纯属趣闻。小辈对长辈，还是应以尊称相称，毕竟称呼是生活中重要的礼仪。

而平辈之间，尤其是朋友间，直呼其名，则另有一种涵义。

一位姓张的友人，出身贫寒，从小被乡亲称作“二狗”。后离乡背井，读书做官。几十年来，随着一路升迁，先后被称作“张科长”、“张处长”、“张厅长”。退休后某日，回归乡间，猛然间听到有人叫“二狗”。正是这一声直呼其名，令他方知回到了民间，回到了大地，感知到真正的亲切和温暖。

一位姓周的老领导，退休后包揽了家里买菜的活儿。到菜场遇到管理市场的老汉，老汉盯着这位电视里见过的大官，客客气气地说：“周市长视察来啦?”两人相视一笑。以后天天如此,时间久了,老汉自然而然地改了口,见面的寒暄语变成“老周来啦?”老领导讲述此事时,一脸笑容,颇为自得。

显然,在这里,直呼其名而不是称呼官职,是一种亲昵的表达方式。直呼其名,是自然的表示,是零距离的象征。比起开口闭口以官职相称,它体现的是一种发自内心的真正的尊重。因此,也就更值得我们珍惜。

（写于 2019.4.2　曾刊于《解放日报》）

一张旧照的联想

2018年10月，为纪念改革开放40周年，《老年文摘》刊登了一版照片，是从全国摄影大展中选出来的，共19张。引起我兴趣的是，其中有关2008年北京奥运的一张，竟然是一张记录失败瞬间的照片。

2008年北京奥运，是改革开放40年以来标志性的大事件啊。摄影留下的美好瞬间，何止千千万万！从萨马兰奇宣布花落北京，到胡锦涛宣布奥运开幕；从体育健儿龙腾虎跃，到炎黄子孙欢呼雀跃。其中，该有多少美好图像啊。然而，在回首当年的时候，编者没有选择喜庆胜利的照片，偏偏选择了一张记载失败的照片。照片的画面是：以体育界元老荣高棠为首的一群人呆呆站立，面无表情，极度失望。照片的说明是："1993年9月24日凌晨2时27分，在北京国际会议中心申办奥运会直播现场，国际奥委会主席萨马兰奇宣布的结果惊呆了现场所有人。北京以两票之差输给了澳大利亚的悉尼，无缘主办2000年夏季奥运会。"

画家富华先生

这样的选择,确实出人意料,给人以刺激。然而,细想一下,不正是这种意外,这种刺激,更能激发人们的联想吗?人们由记载失败的瞬间,联想起失败后的不懈努力,倍感胜利来之不易;人们由申办奥运的曲折经历,联想起40年奋斗征程的无数瞬间,倍感百折不挠、越挫越勇的民族精神宝贵!无疑,这种联想的效果,比起直白地表现胜利,更令人回味。

显然,在艺术创作中,创作者要善于激发欣赏者的联想,使人们根据自身的体验,在浮想联翩中产生新的意境。如果说,以昔思今,能激发人的联想,那么,以今思昔,同样能激发人的联想。

最近,我参观了画展《绿色申城》。在风格各异的百余幅作品中,令我凝神深思、久久难忘的,是一幅看似寻常的作品,那就是陆廷、陈志强创作的油画《桃浦远眺》。在画家笔下,今日桃浦,是一片形态优雅的城市绿地，是人与自然和谐交融的社区。那缓缓起伏的地形、蜿蜒曲折的道路，把人们引导到中央水岸边。那连续变化、层叠展开的园路水系，宛如一幅美丽的山水长卷。我怔怔地注视着这幅画，注视着今日桃浦的景象，久久驻足，思绪万千。为什么？因为它激发了我对昔日桃浦的联想！凡是熟悉上海西北角的市民，一定不会忘记，当年走近桃浦时，视觉、嗅觉所感受到的刺激：灰茫茫、雾蒙蒙的空中，弥漫着一股股刺鼻的怪味；坑坑洼洼的道路上，尘土飞扬；静静伫立的厂房外墙上，枝枝蔓蔓的爬山虎积满厚厚的灰尘。是的，作为上海的老工业区，桃浦曾经历了多年历史沧桑。无疑，这一历史巨变，凝结着决策者壮士断腕般的决心，凝结着建设者不辞辛劳的汗水。站在这样的作品前，人们不能不放慢脚步，驻足沉思，心潮澎湃。

显然，欣赏艺术，常常是通过眼前的有限形象，不自觉地捕捉和领会到某种更深远的东西，从而获得美感享受。这一过程，离不开人的联想。善于激发人的联想，往往表现了艺术家的功力。不久前，94 岁的老画家富华送我一本画册，其中很多作品画的是静物，因为善于激发人的联想，达到了“静物不静”的境界。给我留下深刻印象的是这样三幅作品。作品之一，画的是杨柳、酒坛、饭碗三样东西，而文字题跋是“春风又绿江南柳，我敬总理一杯酒”。这一题，顿时使三样静物变得有生命似的，使读者产生联想，产生激情，仿佛闻到了绍兴老酒的香味，听到了周总理爽朗的笑声。作品之二，画的是一把陶茶壶，两只粗瓷碗，一绿一白，一素一花，简朴而有泥土气息,静物旁的题跋是“同志哥请喝一杯茶”。这一题,令人联想到当年红军与老乡的鱼水情,仿佛看到一群姑娘站在村口,边热情歌唱,边为红军斟茶端水。作品之三,画的是十三只小猪,小猪形态各异,眼睛里闪烁着神奇的灵性。作品作于 1974 年,画名是《把猪养好》,令人联想到画家在猪棚旁度过的漫长岁月,联想到画家苦中寻乐、精心养猪的风雨人生。显然,画家在静物的描写中融入了深厚的感情,借景物与观者进行感情交流,达到了“言有尽而意无穷”的境界,引出了观者无穷的联想。而这种种联想,则进一步丰富了艺术作品的内涵。

古往今来,聪明的艺术家总是在作品中发挥创造力,让欣赏者的思想处于积极状态,通过联想和思索,感受到艺术的魅力。艺术的生命、美的秘密就在这里,就在于有限的具体形象中灌注了无限的生活内容。

(写于 2019.4.17)

喜看坊间春意浓

喜逢共和国70周年华诞，谈起上海文化建设的成就，大家都有讲不完的故事。是啊，这些年来，上海的文化基础设施建设，发生了翻天覆地的变化。东方明珠电视塔、上海体育场、上海图书馆、上海大剧院、上海博物馆、上海科技馆、东方艺术中心、国际舞蹈中心等等，气势恢宏、美轮美奂。一幢又一幢标志性建筑、一片又一片文化园地接踵亮相，令人目不暇接。文艺创作同样硕果累累，精品迭出，在国内外获得各种奖项，显著提升了城市的文化影响力。

然而，我更想说的是，文化建设的成就也体现在文化普及程度上，体现在社区、乡镇、坊间。那就是：公众对参与文化活动表现出空前的热情，文化消费已经成为老百姓衡量幸福感的重要指标。

你看，民间求学热兴起，非功利学习需求增长，各类老年大学一席难求，每年入学都火爆之至，部分培训班获取报名表甚至需要半夜排队。城市的角角落落，增加了朗朗的读书声、动听的歌咏声、叮咚的钢琴声……

你看，旅游热方兴未艾。畅游大好河山，感受民俗文化，成为一种时尚。“当代徐霞客”如雨后春笋般地涌现，许多人实现了周游全国的梦想，有的甚至走遍了七大洲……

你看，市民积极地投身于各类文化活动，出现了阅读热、摄影热、书画热、收藏热等热潮。那么多业余书画家、摄影家、收藏家、翻译家、古诗词鉴赏家活跃在大街小巷……

你看，民间健身成为潮流，社区、河畔、绿地增加了热衷拳操的人群，增加了快走健身的路人，增加了热爱广场舞的大妈们。儿子的朋友是个马拉松爱好者，他告诉我，每年上海马拉松比赛已成为盛大节日，3 万个参赛名额，吸引 25 万人报名，它和老年大学一样，每年都一席难求！

今年国庆前夕，我在社区见到这样的情景：在《江桥魅力》展会上，一批书画爱好者满怀激情挥洒笔墨，描绘家乡。看到自己的作品悬挂在展馆墙上，他们高兴地发出欢呼，当场跳起舞蹈。在华阳社区艺术节开幕式上，人们载歌载舞，一群与新中国同龄的居民深情地朗诵诗歌，声音高亢洪亮，眼中闪耀着泪光。在周浦新落成的傅雷图书馆里，我欣赏了诗人陆萍诗歌朗诵，聆听了中华“石文化”讲座。周浦人济济一堂，不时爆发出欢笑和掌声。无疑，在今日上海，只要留意，这一切，都已是不难见到的场景。

那么，通过这些场景，究竟可以看到什么？

我们从文化普及的热潮中,看到了社会富裕程度的提高。无论是老年大学热、旅游热还是其他种种文化热,都需要以经济为基础。老人读外语学书法练写作,全无功利性动机,为的是获得学习本身具有的快乐,实现自己的潜在能力,乃至实现儿时梦想。而这一切,必须建筑在衣食无忧、生活安定、闲暇时间增多的基础上。

旅游热同样如此。本来,不当井底蛙,开眼看世界,是许多人的向往。然而,仅能满足温饱的社会,显然无力复制出一大批潇洒出行的徐霞客们。唯有如今,中国特色社会主义制度优势显现,改革成效持续显现,社会恩格尔系数大幅降低,工薪族、退休族才会化身为旅游族。可以说,文化建设成就,折射出了社会的整体进步。

我们从文化普及的热潮中,看到了文明程度的提高。如今,上海这座历经风雨洗礼的城市,正呈现一幅生机勃勃的人文图景。电影、电视剧、舞台剧日渐丰富;博物馆成为人们关注的热点;书画展、摄影展、收藏展层出不穷;上海书展人流如潮;全民健身活动持续开展。今天,上海的街衢、社区、绿地、车厢,清洁度、宁静度、和谐度显著提高。风气的更新,闪烁着精神文明,得益于文化建设。我们从中看到了一股股春意在坊间涌动。

我们从文化普及的热潮中,也看到了文化工作者的辛勤奉献。就以我所在的上海炎黄文化研究会为例,这些年来,许多同志为传承中国文化血脉,默默工作,作出了无私的奉献。他们刻苦钻研,不断取得研究成果。他们热心传播，为普及传统文化不辞辛劳。有的年过八旬，依然热情宣讲中华“石文化”、“孝文化”、“筷子文化”。有的奔走于天山南北、青藏高原，努力推进汉语教育。有的利用海外探亲机会，应邀为当地华人义务讲授中华传统文化。有的精心策划开设“儒商论坛”、“庄子辩坛”，创立炎黄书画院、炎黄诗友社，以多种形式传承弘扬传统文化，促进文化事业发展。

回顾以往，面向未来，无疑需要接续奋斗。人们憧憬着这样的明天：在延续城市历史文脉的进程中，努力创造宜业、宜居、宜乐、宜游的良好环境，使我们的城市越来越有品位，使人们获得更加丰富多彩的幸福生活。

（写于2019.11.16）

修锅的联想

去年夏季的一天，为了修理家里的钢精锅，我骑着自行车，一路寻寻觅觅，找到一家修理店。

店铺不到20平方米，很挤。只见层层叠叠的架子上，摆满各式工具和待修物品，连地上也堆满了东西，锅碗瓢盆、家用电器、钟表灯具，一应俱全。

修理师傅约莫60岁出头，胖乎乎的脸膛上泛着红光，头发有些稀疏，正忙着干活。我请他看看锅子。他瞥了一眼，说声“放这里吧”，继续埋头干活。

不一会儿，他腾出手来，开始修理锅子。锅的把柄被烧焦了，粘得很牢，连螺丝都变了形。为清除把柄，他用螺丝刀一下一下地凿，用铁锤一记一记地敲。天很热，汗水顺着额头滴滴答答流下来，他顾不得擦汗，仍然使劲凿着、敲着，直至将把柄清除干净。随后，用沙皮打磨一阵，装上了一只新把柄。整个过程,花费了不到十分钟,残缺的钢精锅复原了!我按规定支付了六元钱,说声“谢谢”,提起锅子,告别师傅,高高兴兴地走了。

临出门,我回望了一眼这家修理铺,内心涌起一股钦佩之情。我仿佛发现了变废为宝的一片新天地。后来,我还来此修过录音机、小闹钟,每一次都满意而归。在那狭小逼仄的空间,师傅操作着,忙碌着,兵来将挡,水来土掩,面对一堆“废物”,施展十八般武艺,让它们恢复使用价值,重新获得生命,真是个多才多艺的工匠啊!

是的,工匠。我由眼前这位修理工匠,联想起许多前辈,许多工友,联想起我的一位堂房大伯。

上世纪五十年代,大伯在上海一家机器厂当八级钣金工。钣金工俗称铁工,实际上是钳工的一种,能用手工把钢板、铜板等各类金属板材组合成一件件工艺品或工件。八级是技术工人中的最高等级。当年建造中苏友好大厦时,汇集了一批能工巧匠,大伯便是那里的工匠之一。我小时候他常把我抱在怀里,用筷子蘸着酒让我舔。他带着童年的我看戏,不管我是否能看懂。他曾经做过一把小锤子,给我当玩具,锤子是全金属的,精巧,锃亮,可惜后来被我丢失了。三年困难时期,大伯响应政府号召,带领全家回乡种地去了。这个决定是多么沉重啊,他却举重若轻,就这么毅然决然地走了。大伯若是健在,该是百岁老人了。在我心目中,他就是一个了不起的男子汉,一个了不起的工匠。

确实，中华民族血液中，从不缺少工匠精神的基因。2300 年前，中国古代大思想家庄子就阐述过工匠精神。在庄子寓言中，他借那些工匠能人的故事，表达了心所向往的工匠精神。在他笔下，梓庆削木为鐻，80 岁工匠锻制兵器，庖丁解牛，还有匠伯、伯乐、轮扁、郢人等等，不下十多位工匠，个个栩栩如生。他们有一个共同特点，就是把自己的心性和从事的事业融合在一起，心无旁骛，专注于此。天长日久，通过发挥自我的天性和随顺事物的天性，达到令人叹为观止的水平，步入天人合一的境界。庄子通过那些故事，倡导一种精神，就是顺应自然，淡泊名利，守养心神，凝神聚气，使得精神饱满、源源不断，进而专心致志于正道事业并与时偕行。时至当代，它仍然散发着熠熠耀眼的智慧光芒。

如今，在现实社会环境中，如何薪火相传，发扬工匠精神，创造更加辉煌的文明成果；如何克服浮躁，心无旁骛地做自己喜欢的事情；如何更加重视职业技术教育，培养各行各业的能工巧匠，无疑仍然值得我们思考。这就是我走出修理店后的一点随想。

（写于 2020. 3. 12 ）

上海人的脾气

疫情期间，整理旧笔记。翻出41年前的一段笔记，是当年乘坐公共车辆的实情记录。觉得挺有意思，特摘抄如下。

电车上，拥挤极了。外面下雨，车窗紧闭，闷热极了。车上，互不相识的人，发出一句句牢骚。“再过两站，就可以解放了。”“什么？解放都三十年了，你还没解放啊？”“解放六十年，车子照样这样轧！”“市委书记来乘一趟，尝尝味道就好了！”“坐在小汽车里，怎么晓得老百姓的苦呢？”“喂，开点窗好吧？人都快捂成甜酒酿啦。”“脚，脚，你踏住我的脚了！”到站了，车门好不容易才打开，下车的人拼命往外挤，忽然有人大叫：“鞋，鞋，我的鞋子掉了！”……

毋庸赘言，这里记叙的，是当年司空见惯的情景，凡年龄大一点的人，都经历过的。印象最深的是，当时的人，似乎普遍火气旺，脾气大，好像随时都准备找碴儿发泄一通似的。“碰不起”在公共车辆上表现得最突出。几乎每一次乘车都会遇上吵架，有时可以从始发站一直吵到终点站。上海话的尖刻在这种场合发挥得淋漓尽致。看似鸡毛蒜皮的事，都可以成为“世界大战”的导火线。

这种现象，现在发生了很大变化。其中最新鲜的，不仅仅是城市面貌的改观，而是上海人脾气的变化。变化是在悄然中发生的，身处其间的人往往浑然不觉，而旁观者则看得比较清楚。近几年，有朋自海外归来，称赞上海的街衢、社区、绿地、车厢，清洁度、宁静度、和谐度显著提高。有的海归人士乘坐几趟上海地铁和公交后说：“上海的车厢又干净，又听不到吵相骂，跟‘老底子’大不一样。”他们特别称赞，上海人的脾气改善了，吵架声少了，抱怨声少了，社会变得宁静了。

这种称赞，我觉得总体是合乎事实的。确实，这些年，上海人的心气变得顺了，脾气变得好了。这不是偶然的。归根结底，是因为上海这些年来确实发生了很大变化。公共车辆上吵架的少了，是因为车厢不再那样拥挤不堪，环境变得舒适安静了；邻居之间吵架的少了，是因为居住条件改善了，当年窘迫的生存状态大都不复存在了；市场上吵架的少了，是因为不用再辛辛苦苦起早排队，更不必到菜场摊位摆块砖头代表排队了；对环境抱怨声少了，是因为上海的河水变得干净了，绿地增多了，拥有蓝天白云的天数也增多了……

老百姓的心平气和,是离不开物质条件的呀！恩格斯在马克思墓前的那篇著名演说,说的其实就是这个道理。邓小平 1992 年南方谈话,说的也是这个道理。“发展才是硬道理。”“判断改革和各方面工作的是非得失,归根到底,要以是否有利于提高人民的生活水平为标准。”上海人脾气的变化,正是验证了这个道理。

今天的上海,还在进步的过程中,一切离美好的目标还相差遥远。这些年,我们目睹了上海的巨变,不少是闻所未闻见所未见的。现在,作为退休者,我们不能出大力了,但我们可以鼓掌、喝彩,对建设者深情地道一声,“你们辛苦了!”我们将继续期待,期待上海变得更美,期待上海人的脾气变得更好。

（写于 2020.3.31　曾刊于《海派文化》）

羡慕那份好心态

友人心事重，经常愁眉不展。他最羡慕的，是心态好的人。

比如，他羡慕拥有好心态的农民工。他说，有时，坐在小车里，想着烦心事，转脸看窗外，看见一群农民工坐在路边钢筋水泥构件上共进午餐。他们端着饭盒，说着笑话，发出爽朗的笑声。那笑声顿时让他受到了感染，联想起愁眉苦脸的自己，不由得向农民工投去羡慕的目光。

比如，他羡慕路旁木椅上的酣睡者。他说，有时，沿着路边绿道行走，看见绿道木椅上，有横卧酣睡者。睡者身边停放车骑，和衣而睡，直面树林，睡得好香啊！是清洁工？是快递哥？是行走者？不得而知。只见其无忧无虑，鼾声连连。那鼾声顿时触动了他，联想起每晚离不开安眠药的自己，不由得向酣睡者投去羡慕的目光。

比如，他也羡慕小区的保安。他知道保安收入低，房租上涨，孩子入学，面临生活难题。可是，保安成天乐呵呵的。面对粗茶淡饭，乐呵呵的；

做了好事受表扬，乐呵呵的；执勤时受委屈，依然乐呵呵的。保安习惯于简朴，吃得香，睡得甜，踏踏实实，自得其乐，脸上泛着红光。这样的好心态，自然让友人眼里充满羡慕的目光。

他还羡慕小区的老人，羡慕每天在小区缓缓而行的九旬老翁，羡慕互相搀扶笑口常开的八旬夫妇，羡慕所有健康的长寿的老人。他特别记得小区里举行的“开心小屋”活动。那天，五个88岁老太太深情地合唱《歌唱祖国》，用英语齐声呼喊：“明天会更好！”其实，坦率地说，明天等待她们的是什么，何时是人生的终点，谁也无法预测。但老人依然满怀激情地拥抱明天，迎接明天。面对此情此景，许多人当场落泪了。是啊，老人们以阳光的心态看待每一天，做自己喜欢的事，不知老之将至。联想起愁肠百结的自己，岂不要向老人投去羡慕的目光？

是的，羡慕欢笑的农民工，羡慕沉睡的过路人，羡慕乐呵呵的保安，羡慕夕阳中的老人，归根结底，是羡慕一切拥有好心态的人。

那羡慕的目光，道出了一个事实。那就是：一份好心态，对一个人来说，尤其对一个长久受困于负面情绪的人来说，如同连绵阴雨后的阳光，如同农田久旱后的雨露，多么稀缺，多么重要！这些年，随着社会发展，人们越来越重视心理健康问题，越来越重视心态问题。在精神医学中，抑郁症焦虑症被称为“沉默的健康杀手”，而拥有良好的心态，则被视为长寿老人的共同秘诀。养生专家说，人的寿命，25%取决于饮食，25%取决于运动，

50%取决于心态。心态问题,与人的健康紧紧联系在一起,与人的幸福紧紧联系在一起,可不能等闲视之啊!

羡慕的目光,呼唤着一份好心态。在羡慕他人的同时,我们无疑需要更多地关注自己的内心世界,通过修炼获取一份好心态。像杨绛先生说的,淬炼心智,净化心灵,保持自得其乐的心态,保持知足常乐的心态,保持不知老之将至的心态。在求助于医生的同时求助于自己,疏解心路,开阔胸襟,化解生活中的压力,摆脱负面情绪的困扰,快快乐乐地过好每一天。这可是花多少钱也解决不了的人生课题呢!

(写于2020.4.20)

第三辑　故人追忆

怀念杨德炎同志

杨德炎同志逝世一周年了。想起他，我至今仍感到无限悲痛，为失去一位终生难忘的良师益友而深感痛惜，也为在他重病之际作为好友援救无能无效而深感内疚。

杨德炎同志长期担任北京商务印书馆总经理，我们一直称他为“杨总”。作为中国最早创立、最具影响力的出版机构的掌门人，他为商务印书馆在新时期的发展作出了重大贡献。无论是1997年商务印书馆百年纪念活动的成功，《新华字典》、《现代汉语词典》等工具书在纷争激烈的市场环境中久盛不衰，还是商务印书馆出版事业国际合作的拓展，等等，无不凝聚着他的心血和智慧。我想，对此，他的同事们一定会有清晰深入的阐述。我这里仅想强调指出一点，杨总始终有着“大商务”的历史情结，他把海内外与商务印书馆有渊源关系的出版机构视为兄弟，竭诚相待，广结善缘，共谋发展。其中，对“上海商务”更是情深义重。众所周知，所谓“上海商

与杨德炎同志(中)合影,左为钟修身同志

务”,作为商务印书馆在上海的唯一血脉,新中国成立后仅存一家印刷厂,上世纪90年代后,它与众多国企一样曾身陷困境。它与迁至北京的商务印书馆并无行政隶属关系。然而,在企业寻求突围的关键时刻,杨总及其一班人毅然于千里之外施以援手,以投资入股、增发印单等形式给予帮助。他还多次亲自出席“上海商务”董事会,出谋划策,指点迷津,成为我们真正意义上的患难兄弟。

杨总待人真诚,平等,亲如兄弟,绝无半点官气。这是他给予我的最深刻的印象之一。在商务印书馆,上至出版界前辈,下至普通职工,他无不给予关心和帮助。我曾亲耳听到他的司机讲述这方面点点滴滴的感人事迹,也曾亲身感受到他那兄长般的关怀。那是1997年7月,我们作为香港回归后第一个参展团参与香港书展,全团人数过百,阵容强大。总署高度重视,请杨德炎同志担任总团长,下设六个分团。回归途中,因集体转车,有几个小时等候时间,杨总见我神色疲惫,硬把他作为总团团长的房间让给我休息。由于他真诚执拗,我也就从命而入,安枕而卧,在总团长的房间里美美地睡了一觉。他自己,则在外面继续忙碌全团的工作。这便是我与杨总的初次相识。

与杨总相识后的十多年里,我们曾有多次聚会。记得每一次聚会,杨总都是最活跃最受欢迎的人。他总是以广博的见闻、幽默的语言、逼真的模仿,为我们带来欢乐,给我们留下难忘的记忆。他讲述的许多故事,至今仍留在我们脑海中。这一切,展示了他学识广博,极具天赋,对社会观察细致,反应敏锐,尤其对各种语言具有极强的模仿能力;同时,也充分展示了他热爱生活、开朗乐观的天性。我始终认为,他的很多优秀禀赋,是我们难以企及,叹为观止的。然而,令人无论如何也意想不到的是,这样一位热爱生活、胸襟开阔、善良乐观的好朋友、好兄长,会如此早地离开我们,给我们留下无限的痛惜和怀念。他永远是我们心中值得怀念和敬仰的人。

(写于2011.6.13　曾刊于《中国新闻出版报》)

想起当年一声吼

节前，几个老同事去浦东金桥看望杨国栋老人。老杨是我们厂40多年前的党委书记，今年88岁了，却依然神情清朗，思维清晰。此刻，往事历历，我蓦地想起老杨当年一声吼的故事。

那是一个扑朔迷离的年代，一个令人压抑的年代。我在位于杨浦的冶炼厂工作，想去学校读点书，老杨不放，说是让我多一点磨炼。于是，听他的话，我留了下来，在这家企业见识了各式各样的人和事，见识了当年的时代风云。

当年的冶炼厂，是上海创利大户，年产电解铜万吨、黄金1吨、白银12吨，还承担着援建阿尔巴尼亚钢铁联合企业的重大任务。然而，在那个年代，工厂的秩序被随意颠覆，开会时兴抢话筒、拍桌子，那些动作最猛烈、嗓门最高亢的人，成了最革命的人。一封诬告信可以引来盘踞高位的“小兄弟”的批示，刚从牛棚解放出来的干部可能再次坠入深渊；一夜间铺天盖

杨国栋同志

地的大字报，可以把人说成鬼，把鬼说成人。那些埋头工作的基层干部，一面辛劳忙碌，一面防备着不期而至的诬陷，充满无奈的感觉。记得那年企业争取来一个项目，在食堂上面加盖一层，作为会场。要知道当年办成这样一件事，多么不容易！然而，房子尚在建设中，便听老杨发出一声叹息："唉，这会场建好后的第一个会，说不定就是我的批斗会。"心态何其悲凉！我要说的老杨一声吼的故事，便是在这种背景下发生的。

那是 1976 年 7 月 7 日上午，我在厂部办公楼 3 楼，忽闻一阵锣鼓声由远而近，渐渐而来。顺便说一句，当年冶炼厂的锣鼓队是蛮出名的，经常在

上海冶炼厂生产场景

各种游行集会上展露风采。此刻，那变幻着鼓点节奏的锣鼓队，便在铿铿锵锵的声响中渐渐走近办公楼，锣鼓队的最前面，有人展示着一张红纸，看来是一张什么喜报。众所周知，那时是很时兴送喜报的。说时迟那时快，就在那一刻，只见老杨走出办公室，来到走廊，对着楼底下的锣鼓队，挥了挥手，发出一声吼叫："停下来！"楼底下，锣鼓声顿时停了下来。人们带着迷茫的眼神看着走廊上的老杨。只听得老杨一字一顿地说："朱老总昨天逝世了，今天怎么可以敲锣打鼓！"人们顿时沉默。是的，那一天，许多人可能没有听新闻，更重要的是，由于是非颠倒，当时正处于一个贬低损毁革命元勋的年代。然而,老杨发火了,积压多时的火气,一下子爆发了。此刻,所有的人们都沉默着,默默地注视着老杨,掂量着他那一声吼的分量。

多少年过去了,我依然记得老杨当年那一声吼。要知道,其实老杨当年也是很谨慎的,在那令人窒息的政治氛围中,他很少说话,总是长时间的抽烟,沉默。只是在忍无可忍的一瞬间,才会发出一声吼叫。然而,正是这一声吼叫,自然而然地显示了一个人的胆识,流露了他的感情、风骨、品格,让我记住了,永远也忘不了。

（写于2014.1.7　曾刊于《金色年代》）

贺友直与酒

前不久,贺友直先生送我一幅画,是一幅饮酒图,题名《酒鬼扎堆》。上面画了九个人物形象,分别是:李白、武松、济公、李逵、鲁智深、铁拐李、油葫芦、孔乙己、贺友直。整幅画的题款是:“酒鬼扎堆,友直亦在其中,画时年已九一。”

画中历代饮酒者,个个神态各异,跻身其中的贺友直,戴着老花镜,低着头,直愣愣盯着酒瓶看。整幅画,令人于莞尔一笑之际,感受到贺老与酒情谊之深,渊源之深。

贺友直善饮,是圈子里有名的。他自称“酒徒画匠”。一日三餐,两餐必饮,饮必黄酒。每逢饮酒之时,只见他脸上泛着红光,妙语连珠,滔滔不绝,令人忍俊不禁。更令人称奇的是,适量喝酒并不影响画画,他的不少佳作是酒后创作的。

由此,便想打听贺友直的饮酒史。

与贺友直老师在一起

贺友直饮酒,是从童年开始的。据他回忆,五六岁时,他在宁波乡下姑妈家生活。姑妈家一年到头难得有几次热闹,做酒是其中一次。做酒师傅都是绍兴人,上下手搭配齐全,榨的,淘的,看酒色的,灌坛的,封泥的。贺友直看在眼里,记在心里,知道了酒必须灌坛存放一定时间才好喝,他最喜欢喝浆缸里没有榨出酒糟的酒。就这样,从品尝酒味开始,渐渐地喝上了瘾,养成了嗜好饮酒的习惯。

贺友直喜欢喝酒,但在漫长的人生旅途中,有时却无酒可喝,只能望酒兴叹。在童年做徒工时期,在敌伪封锁实行食物配给时期,在失业后栖身亲戚家混饭吃时期,在青年军服役吃军饷时期等等,困苦中的贺友直,常常缺吃少穿,走投无路,哪里还能奢望喝上酒呢?

新中国成立后，贺友直的生活有了转机。他进入了出版社，画起了连环画，有了稳定的收入，于是，重新端起了酒盅，美滋滋地喝上了酒。然而，生活一波三折，逢上特殊年代，他也曾遭遇断酒的痛苦。

一次，贺友直出差夜宿荒村马店，忽被一阵叫喊叫醒，听着像在喊"二锅头，二锅头"，顿时勾起了酒兴。然而，细细一听，才明白是火车站的调度指令扳道岔扳到"二股道"。时逢困难时期，思酒心切的贺友直，竟把"二股道"错听成"二锅头"，真是失望至极，不得不强咽口水。还有一次，他被下放农村当农民，领队强调与农民同甘苦，严禁外出吃喝。贺友直却难忍酒瘾，有一天趁天黑赶到镇上一家小饭店，在暗淡的灯光中摸索上楼。谁知刚踏上楼梯，发现已有人端坐在上。谁？原来是领队。不消说，当时，彼此都是一脸尴尬。

在处处闻酒香的今天，听到以上故事，真令人有隔世之感。

说到贺友直喝酒，不能不说说他的妻子。多少年来，不管多么困难，只要有可能，妻子总是保证贺友直喝上酒。最难忘"文革"岁月，在牛棚关押两年后，他被宣布解除隔离，挟着被褥回到家里。当时家里穷，没有丰盛的菜肴，然而，一壶黄酒已经温就，酒盅已经摆好，老伴和三个女儿伫立周边，看着贺老美滋滋地啜酒。贺友直闻着酒香，望着妻儿，流下了两行清泪。

如今到了可以开怀畅饮的时代，贺老年过九旬，依然爱酒如故，而妻子的作用也已变为监督，不让贺老贪杯过量。深察妻子苦心的贺友直，自觉接受监督，每次喝完黄酒半斤，便偃旗息鼓，主动收兵。从他有节制的饮酒中，可见其夫妇伉俪情深。

俗话说，一滴水可以见太阳。我想，一滴酒也可以折射人生。从贺老的酒中，可以看到世事变迁，感受温暖的亲情。

（写于 2015. 7. 13　曾刊于《金色年代》）

一个充满爱心的人

王培琳女士，司徒伟智兄的爱妻，因心脏病猝发，于 2015 年 6 月 18 日不幸辞世，享年 61 岁。

次日夜晚，伟智兄告诉我这不幸的消息。那一刻，他在电话一端泣不成声，我则在电话另一端默默分担他的悲痛，承受着巨大震惊。

我蓦地想起，数天前一个正午，我看望住院的母亲出来，在新华路定西路口敦煌小亭买熟食。忽听得背后有人唤我，转身一看，是伟智兄，他身旁站着的，笑吟吟的，正是培琳。哦，他们夫妻俩正沿街散步呢。我知道培琳去年经历了一场重病，如今正在恢复中。此刻，夏日的树荫下，她显得轻松愉快，脸上似乎不见病容。与他们匆匆告别后，我骑车西行，一路上，为培琳健康、为伟智全家感到高兴。

谁能料想，仅仅相隔数日，竟会传来如此噩耗。一个尚属年轻的生命，一个美丽贤惠的生命，一个充满爱心的生命，骤然消失人间。事实如此残酷,命运如此不公,岂不令人痛惜万分?追悼会上,伟智痛悼爱妻,任远呼唤母亲,几度哽咽,催人泪下,令人在悲痛的氛围中追忆培琳的一生。

培琳的一生,是充满爱心的一生。

对家人,培琳充满挚爱。她具有中国传统女性的慈爱之心。作为三个弟弟的姐姐,她从小爱护弟弟。成为母亲后,她无微不至地呵护孩子。令人感动的是,直至生命最后一天,她依然在为孩子默默操劳。在她和伟智的抚育下,任远正直善良,富有爱心,热爱慈善事业,专注《至爱》杂志,已成为敬业的出版人。我想,这是足以告慰培琳的。

司徒伟智王培琳夫妇合影

培琳对伟智的爱,是我们时时感受到的。那是一种淡然而又深沉的爱。数十年间,我多次登门拜访伟智。每次去,培琳总是默默忙碌着家务。偶尔插话,多是抱怨伟智"开夜车"写作,担心影响健康,希望我作为老友劝说伟智。据伟智说,他晚间写作,每至夜半,培琳必来阻挠,有时措辞严厉。无疑,那严厉后面,蕴藏着拳拳之心,殷殷之情,伟智兄自然是深深理解的。

对友人,培琳充满关爱,给予种种关心。令我难忘的是,今年春节,初二上午,伟智和培琳双双登门给我年近九旬的老母亲拜年。那春风般的笑容,温暖着老人的心。母亲并不知道,笑容可掬的培琳,刚经历一场磨难,做了肺癌手术,尚在康复之中。后来,当我告诉她一切时,老人感动不已。培琳病逝后一段时间里,我不敢把此事告诉老人。后来终于告诉了她,她久久不作声,沉浸在深深的追念中。

对病人,培琳充满仁爱。她的职业是牙医,数十年来工作在徐汇区牙防所,凭借刻苦钻研,掌握了口腔临床医疗技术,为无数病人解除了痛苦。我妻子便是其中一个。她在大学任教,患有严重的牙周病,一旦病发,常常难忍痛苦,无法工作。她多次到培琳那里求医,得到培琳无微不至的关心,直至缓解病情,解除痛苦,重返讲坛。如今,培琳一生救治过多少人,已经无从统计。但是,她的仁爱之心,她在灯光下细致工作的美丽身影,依然留存在许多病人心里。

培琳,一位充满爱心的人。她平凡的一生,仍长存在我们记忆中;她所散发的光和热,将继续温暖我们的心。

(写于 2016.1.6)

送别母亲

今天，在这寒冷的日子里，我们送别亲爱的母亲。感谢各位亲朋好友，在这寒冷的日子里，在这新年到来的时候，和我们一起送别母亲，感谢你们在母亲生前给予她的关心照顾。

母亲王雅云，于 1927 年 3 月 23 日出生在浙江金华塘雅乡含香村一个农民家庭，2016 年 2 月 6 日中午 12 点 45 分在家里逝世，享年 89 岁。

母亲是个经受过生活磨难的人。她从小过着贫困的日子。童年时帮父母干活，没有机会读书。后来因为陪伴弟弟读书，才有机会走进课堂。一到农忙季节，就得停止上学，到田里踏水车。经常是晴天在田里干活，雨天在家做草鞋。16 岁那年，她到一个行医的老太家看小孩，后来因战乱逃到上海，先后做帮佣，设菜摊，始终从事艰苦的体力劳动。因为干活太累，曾患伤寒症等多种疾病。直至 1949 年，她和千百万劳动人民一样，在黑暗中迎来了解放。她曾经告诉我，上海解放时，她在霞飞路（也就是今淮

我的母亲

海路）主人家，趴在窗台上，看到解放军进城，也看到解放军睡马路。她告诉我，那时看到的解放军，个个都是又黑又瘦的。她总是对我说，过去的苦，讲也讲不完。现在最开心。感谢毛主席，感谢周总理，感谢共产党。

母亲是个懂得感恩的人，终生勤劳的人。新中国成立后，母亲满怀强烈的翻身感，投身于社会主义建设。她早出晚归，努力工作，曾获得先进工作者称号；她积极参与识字扫盲运动，帮助同事摘除文盲帽子，单位里因此奖励给她笔记本，一直被她珍藏；她曾经到我上学的大沽路第二小学,面对全体同学作忆苦思甜报告,其情其景,至今留存在我同学的记忆中。

母亲是个充满慈爱的人。她教育子孙热爱祖国,热爱人民,热爱党,教育我们勤奋学习,努力工作,勤俭节约。当她看到子女获得荣誉证书,在报刊发表文章,看到孙子、外孙获得高考录取通知书,看到子孙听从长辈教诲远离抽烟等不良习惯时,总是欣喜无比。

母亲是个热爱生活的人。退休后,她拥有充实的晚年。她喜欢运动,坚持行走锻炼,直到生命最后一天。她喜欢阅读报刊,做笔记,家里为她订阅了三种报刊,她始终认真阅读,把开信箱取报刊作为每天的一件大事;她喜欢游览公园、绿地、博物馆、名人故居,对此始终保持浓厚兴趣;她喜欢参加社区读报小组活动,和人交谈,同唱革命历史歌曲;她和邻居友善相处,社区的老人孩子都亲热地叫她外婆。

亲爱的妈妈,虽然您已年近九十,在我们心目中,您依然显得年轻。我们多么希望您多活几年,能够跨越百岁。然而,您却骤然离开了我们。您走得那么突然,令我们无法承受。每每想到,从今往后,我们再也不能为您端饭端菜,再也不能手推轮椅陪伴您游览公园绿地,再也不能每天在电话里呼唤一声妈妈,再也不能听到您的声音,我们怎能不感到悲痛万分?

亲爱的妈妈,今天我们和您告别,但是,您的音容笑貌依然铭刻在我们心间,您的教诲依然回响在我们耳边。我们将牢记您的教诲,好好做人,好好工作,好好生活,走好自己的人生道路,以实际行动报答您的养育之恩。

亲爱的妈妈,您安息吧。

(写于 2016.2.10)

缅怀丁锡满老师

一

2015 年 12 月 24 日 20:00,洪纽一同志来电,告知丁锡满老师于 19:20 在华东医院逝世的噩耗。老丁在重症监护室多日,基本处于昏迷状态,其间,我多次前往探望,深知他病情危重。12 月 14 日,我陪周慕尧同志前往看望时,他微微睁开眼睛,旋即闭上,令人倍感空气凝重,心情沉重。但是,当噩耗真的来临,我依然感到巨大震惊,难以接受已经发生的事实。

这是一个平安夜。窗外寒风呼啸。我久久呆坐,沉默良久,向朋友发出最简短的信息:“今夜,我们失去了一位值得敬重的长者,一位最好的朋友。”朋友回电:“愿老领导一路走好。”

二

丁锡满先生在陆廷画室

是的，他是我们的老领导。上世纪80年代初期，他就是市委宣传部副部长兼市文化局局长，主管全市文艺工作。几年前参观上海电影博物馆时，我发现橱窗里陈列着张瑞芳遗存的笔记本，翻开的那一页，记录的正是丁锡满1983年的一次讲话。我把这一细节告诉老丁，并陪他一起来看笔记本。目睹笔记，我们沉浸在深深的怀念中。

人们经常称他丁部长。然而，他自称“小丁”（笔名“萧丁”），我们则更多地称他为“老丁”。在我们心目中，他是最没有官腔的文化人，他始终是我们的一位最好的朋友。

我很早就听说了丁锡满的名字，一直喜欢阅读“萧丁”的杂文和散文，但真正和他熟识，是在进入炎黄文化研究会以后。那是2010年，我年近六

沉思中的丁锡满先生

十，即将退岗。他专程来看我，希望我参与研究会的工作。他坐在沙发上侃侃而谈，没有架子，没有官腔，满腔真诚。要知道，他是闻名遐迩的报界才子，是久经历练的文化系统老领导，还是刚做了直肠肿瘤切除手术尚在住院的病人，年长我 16 岁。他居然一次次从医院出来，和我倾心交谈。面对这样一位老人，我不能不被深深地感动。

渐渐地，我对他有了更深的了解。他对中华传统文化有着深厚的学养，真挚的感情。全身心地投入研究和传播中华传统文化的事业，为弘扬炎黄文化无私奉献，构成了他晚年生活的一个显著亮点。

三

老丁是从天台山走出来的农家子弟，也是深受国清寺文化氛围浸染的儒家传人。他自幼寒窗苦读，接受过优秀传统文化熏陶。

他曾回忆说，少年时代，坐在街边书摊的台阶上，与小朋友们一起租看连环画，那上面讲的是岳母刺字、孔融让梨、七侠五义之类的故事。那个时代的启蒙读物《三字经》《弟子规》，使他从中学习了做人的道理。他从先人的文化遗产中，看到了一个举世无匹的文化富矿。在他眼里，屈原赋、木兰辞、岳飞传，都浸染着爱国精神；杨家将的戏、三国戏、水浒戏，出出都是义薄云天；“今古奇观”、“三言二拍”这些小说，讲的都是诚信友善、惩恶扬善的故事。

他曾以诗一般的语言概括道：“从炎黄二帝开始，我们民族的血脉已经流淌了五千多年。血脉所经之处，我们的精神家园花繁树茂，蝶乱蜂忙，生机勃勃。”因此，他珍爱祖国的优秀文化，珍爱我们民族的精神家园。

四

老丁是一个具有深厚传统文化底蕴的人，也是一个热心研究传播传统文化的人。从90年代后期开始，根据陈沂同志指示，他参与炎黄文化研究会工作，主持日常工作，多年来，为此付出了许多心血。

他自觉投身于弘扬优秀传统文化的行列，不仅出于个人爱好，更是出于一种社会责任感。他敏锐地看到，由于种种原因，现今社会，在部分官员和民众中，民族精神和传统道德等核心价值观已经淡薄了。一些社会角落弥漫着极端利己主义的风气。不少为官的一门心思谋“发展”,求“上进”;许多为民的只想自己的孩子将来出人头地,致富发财,而忽略了修身、齐家、治国、平天下的人生格言。他激愤地指出,现在有一条野牛,名叫“唯利是图的西方价值观”,闯进了我们的精神家园,践踏着我们的道德文化传统。他引用《牡丹亭》中杜丽娘的唱词叹道,“原来姹紫嫣红开遍,似这般都付于断井颓垣”。他呼吁社会各界响应党中央关于建设社会主义核心价值体系的号召,致力于传承民族文化,全面提高公民道德素质,保护好、传承好先辈留传下来的精神家园。

多年来,他为研究传播传统文化而勤奋工作,达到了忘我的程度。他勤奋写作,留下那么多优秀的诗文,无不闪耀着优秀传统文化的光辉。他针砭时弊,慷慨高歌,释放着强烈的民族精神和时代精神。在他的主持下,炎黄文化研究会策划开展了一系列活动,为弘扬传承中华优秀传统文化做了大量有成效的工作。

尤为感人的是,最近几年,他不再主持研究会工作,依然全身心地投身于弘扬传统文化的行列,满腔热情地出谋划策,办实事,做好事。他亲自检视《炎黄子孙》杂志历年成果,选其精华,汇集成书,并撰写了充满激情的体会文章;他在《炎黄子孙》作者座谈会上发表讲话,希望杂志保持厚重的传统文化特色,鲜明的时代特征,浓郁的上海地域特点;他参与策划“口述历史:抗日战争中的老西门”专题活动,让几代人汇聚文庙,在《大刀进行曲》的诞生地，唱响爱国主义主旋律；他参与策划青少年“亲近古诗文”演艺大赛，让朗朗诗声回响在校园，让学子心中感受古诗文神韵。

五

老丁不仅是优秀传统文化的传播者，也是优秀传统文化的践行者。他由衷赞美：“优秀传统文化的内涵海一般深，山一样高，指导我们中华民族的子子孙孙如何修身、齐家、治国、平天下，给我们的思想、道德、行为立下了规范。”他言行一致，身体力行，自觉遵从这些规范。他爱憎分明，对人间丑类，嬉笑怒骂，言辞犀利；而对祖国，对故乡，对母校，对友人，则充满真情，暖如春风。

在他生命的最后阶段，我记住了这样两件事。

一是在病中依然想着别人。司徒伟智是他多年的老部下，一个忠厚老实的老报人，去年 6 月不幸丧妻。老丁在病中，却想着如何安慰别人。当时，他约我们同进晚餐，席间不断劝慰司徒，语重心长，俨然一位大哥。后来，他病重，我们去看望他，他坐在病榻上，说话很吃力了，仍然想着别人，记得他转过脸对我说，司徒是个好人，你要多关心他。此时，是 11 月 26 日，离他逝世不到一个月。

还有一件事，使我更难以忘怀，那就是在生命的最后时刻，他毅然决定，把珍藏多年的名人字画和书籍茶壶悉数捐赠给母校天台中学。在病床前，他告诉我，这是他最后一桩心事。他拿给我看捐赠字画清单，我劝他是否留一些字画，以备治疗费用急需。我说，您要准备打持久战。他毫不犹豫地回答，这些字画都是朋友赠送的，幅幅情谊深长，拿它们去变钱，怎么对得起朋友？由他为人处世的这些事例，可以看出他由中国传统儒学熏陶出的品质。他充满正义感，疾恶如仇，同时，待人以诚，待人以情，且以“鞠躬尽瘁、死而后已”的古训激励出忘我的精神，成为一个高尚的有道德的人。

六

中国人，世称炎黄子孙，丁锡满就是其中优秀一员。他为五千年来代代传承的优秀文化，殚精竭虑，奉献了一生。他是传承炎黄文化的先行者。如今，他虽然远去了，却依然活在我们心中，激励我们为弘扬民族文化，建设精神家园，推进中华民族屹立于世界民族之林而继续努力。

（写于 2016.5.9）

悼念赵昌平先生

当我写下这个标题，仍不愿相信这是真的。一个前不久还和我们相聚的活生生的友人，怎么会说走就走了呢？

5月20日傍晚，传来消息，说赵昌平突发心梗，被送往医院抢救。顿时，一种不祥的预感像乌云压上心头，可内心又急切盼望奇迹发生。夜深了，终于有消息传来："抢救无效，不幸去世"。冷酷的字像鞭子一样抽打着我的心。两行泪水，止不住流淌下来。

赵昌平先生是著名文史专家，著名出版人，原全国政协委员、原上海市出版工作者协会理事长，原上海古籍出版社总编辑。他是出版界公认的才子，也是上海炎黄文化研究会的顾问。在中国传统文化的传承弘扬方面，他学识广博，造诣深厚，贡献良多。

赵昌平先生热爱中国优秀传统文化。他毕生研究唐诗学及中国古典诗论，著述丰硕，才气横溢。少年时，他是中国古典诗文爱好者；读书时，他

与赵昌平先生合影

选择唐诗研究作为方向。未名湖畔、丽娃河边，曾留下他勤奋攻读的身影。内蒙草原、皖东乡间，曾留下他朗声诵读的语音。他坚持与书为伴，将对古典诗词的爱当作毕生的事业，在古典文学尤其是唐代文学研究领域，发表了一系列视角独特、观点鲜明的论著，在繁忙的出版工作之余，撰有400余万字的著述。“每临楮墨，必以敬忱；使无新意，断不成文”，他以此自勉，严谨治学，在学界留下良好的声望。正如葛兆光先生所说，赵昌平是唐诗史真正的专家，他从1980年代起陆陆续续发表有关唐诗的论文，几乎篇篇精彩。他的《唐诗三百首全解》，以亦诗亦文、明白通晓的语言赢得读者。此书自出版后，已重印近20次。

赵昌平先生是中国优秀传统文化辛勤的传播者。他在上海古籍出版社主持全社编辑工作长达22年,是该社历史上任职时间最长的总编辑。他把出版优秀图书当作自觉承担的一份责任,为古籍整理出版,为建设一个深得读者信赖、独领风骚的上海古籍出版社,兢兢业业,倾注心血,作出了独有的贡献。他主张让孩子从小读诗词,背诗词,认为从小读诗词,可以培养一个人的美感、韵律感,在潜移默化中提升人的审美水平,自然而然对低俗的东西产生抵触。他致力于"读诗从娃娃抓起",主持出版了幼儿版、小学版、中学版等中国古典诗词读本,产生了很大的社会影响。

赵昌平先生作为一个学者型的出版人,对中国文化的昌明和辉煌,有一种热切的期许,有一种自觉的肩负。他有着传统士大夫的古道热肠。凡是与传承传统文化有关的事情,他都热心去做,投入地做。为发掘整理《中国创世神话》,他先后花去8年时间,耗费了很多心血。为新疆龟兹洞窟艺术保护这样的工程,他出谋划策,悉心指导,完全把国家的事当做自己的事。偶尔,他讲述工作辛苦,脸上布满疲惫之色,但依然毫不懈怠。为唤起民族的"童年记忆",增强民族认同性、自豪感,他默默地作出自己的贡献。

赵昌平先生是个大哥型的朋友,对人充满仁爱之心。他有时给人的印象比较严肃,其实,他的内心很柔软。20年前,我初入出版界,得到他兄长般的关心。工作困难时,他的一番鼓励,话语不多,却充满真诚。其情其景，令人经久难忘。多年来，我有幸成为他的好友，日渐深入了解他的为人。他是有独特底层生活经历的人，曾在内蒙古草原、皖东乡村经受艰苦生活的磨砺。由于在内蒙古草原当过四年中学教师，一根无形的线将他与牧区紧紧牵连。他时常想念大草原上的那些孩子，曾留下一篇记述当年离别情景的短文，可谓浸透感情，催人泪下。他念念不忘农民，曾在全国政协会议上多次提交关于农民和农民工的提案。他对底层人民充满同情和关爱。他是一个充满悲悯情怀的文化人。

近年来，随着我们相继退休，我们的友谊愈见深厚。特别是去年盛夏，他夫人包国芳先他逝世，使他陷入难以自拔的伤感、追悔和悲哀之中，足足有好几个月，他都缓不过来，实在让人担心。为了给他宽心，朋友们相约，或上门看望，或请他吃饭，在餐桌上，在微信里，说一些宽慰的话。他似乎渐渐地好了一些。为答谢朋友的情谊，他邀请大家聚餐。为此，他特地给我发来微信，内有一句“小孙女一定要带来！”简单的话语，显示了他对孩子的挚爱，处事的细心。

作为炎黄文化研究会的顾问，赵昌平先生念念不忘要为研究会做事。今年春天，他应约为研究会会员开设《中国创世神话》专题讲座。他给我发微信说：“炎黄的讲座，请随时安排，我可以的。”我担心他的身体和心情。他回复说：“总的来说，我比当初好些了，勿念。”我们正准备择时安排，没想到已经来不及了。然而，他的信息，还留在我的手机里，好像他还在人间,还在我们中间。这是现代网络给人的一种虚幻的感觉吧,真希望这不是幻觉!

此刻,赵昌平先生卧在鲜花丛中。我仿佛还能听到他的话语。从青春时代的初恋故事,到老年生活的诸多趣闻;从职业生涯的得失甘苦,到天下大势的坊间评说。笑语盈盈,一切恍如昨天。昌平先生依然活在我们心中。

(写于 2018 年 6 月 1 日　曾刊于《新民晚报》)

回忆丁景唐先生

丁景唐先生是出版界的老前辈，曾担任上海市出版局副局长，主持上海文艺出版社工作，主持编纂《中国新文学大系》(1927－1937)这一重大出版工程，在出版界德高望重，声名卓著。我在任上海文艺出版总社社长期间，曾多次拜访他老人家。言谈间，给我留下难忘的印象。特别是他谈起的关于绍兴路7号发生两件历史事件的线索，至今仍然记在我的心头。

一次，到永嘉路慎成里丁老家里去看望他。慎成里是典型的石库门弄堂老房子。他住在三楼，一个充斥书籍、报纸、杂志的空间，一个兼有卧室、餐室、书房、会客室等多种功能的房间。靠墙放着高高低低的书橱。挤不进的书，就堆在地板角落里。他就在这杂乱无章的环境中，自得其乐地伏案工作。他就在这所古老的石库门房子里，度过青年、中年、壮年，进入老年。

丁景唐先生

我眼前的丁景堂先生，和蔼慈祥，风度儒雅。一口醇厚的宁波话，听起来柔柔的。他讲话语速不紧不慢，热衷于谈论新文学，谈论研究中的新发现。他沉浸在对历史资料的回顾和梳理中。无论跟他闲聊什么，三转两转就会引入这方面话题。仿佛刹那间他就成了陶醉的孩子，兴奋而显出一丝不易觉察的得意。对自己心爱的事业，他显然有激情和理想在里面。

另一次，我到华东医院去探望他。只见他半躺在病床上，但精神矍铄，面容清癯，目光和蔼，思维清晰。他已是九旬老人，且在病中，但交谈中兴致勃勃，毫无倦意，还向我赠送他的近期作品，为我题词留念，一点看不出一个患病老人的样子。

……

在对丁景唐先生的探望中，给我印象最深的，就是他讲述的研究过程中的新发现。他说，绍兴路7号，即上海文艺出版社的所在地，是一块文化圣地，它不仅是巴金等文化名人工作过的地方，是出版过许多重要文学作品的地方，也是曾经发生若干重要文化事件的地方，深藏着许多鲜为人知的故事。据他接触到的资料,鲁迅曾在这里会见青年木刻家;《义勇军进行曲》面世前曾在这里进行排练。因为时间相隔久远,房子几经翻新改造,关于这些历史事件的确切证据很难找到了。他建议我,如有兴趣,可对此进行深入研究。

说实在的,当时,听了丁景唐先生的话,我很震惊,也很激动。由于工作繁忙,条件限制,我无力对此进行考证。但我始终相信,当时,丁景唐先生的叙述是清晰的,我的记忆也是清晰的。因此,特记录在兹,以备后人将来考证之用。

（写于 2020.2.15　曾刊于《海派文化》）

追思郝铭鉴先生

看到郝铭鉴先生病逝的消息，我不胜悲痛。想起与先生交往的往事，痛惜上海失去了一位优秀的出版人，自己失去了一位好朋友。

郝铭鉴是出版界公认的才子，文笔之好，口才之好，是令人叹服的。他曾经说过，一个现代人，他的修养表现在非常优雅地运用我们的母语，正确地表达自己的感情。他本人就是这方面的典范。他逝世后，有人感慨地说，上海出版界能人很多，但像郝老师这样的很少见。他编书一流，文章好，演讲极佳，他一开口，你就会静下来听，确实有才气有魅力！

在几十年的出版生涯中，郝铭鉴的才华表现是多方面的，但人们印象最深的是他在捍卫语言文字纯洁性方面的贡献，人们总是把他的名字和《咬文嚼字》连在一起。他是《咬文嚼字》的创始人，长期担任杂志主编，是杂志灵魂式的人物。作为《咬文嚼字》的老读者，我喜爱这本杂志，长期来从中受到很多教益。

2011年4月，上海文艺出版集团和上海编辑学会共同举办“郝铭鉴与《咬文嚼字》座谈会”，我因赴四川参加中国文联活动未能与会，致信向他表示祝贺和敬意。我在信中如此表达自己的心声：

郝铭鉴先生

“郝铭鉴与《咬文嚼字》，是一个极有意义的题目，它说明，一个智慧的人，专注于一项有意义的事业，会焕发出多么巨大的能量，给祖国的文化事业留下多么深刻的烙印。小刊物可以成就大事业，《咬文嚼字》就是一个最好的例证。多年来，一本小小的《咬文嚼字》，以纯洁祖国的语言文字为宗旨，以其准确性、权威性、生动性、可读性，传播到千家万户，吸引了千家万户，为提高民族的语言文字素养，为提升中国各类传媒的语言文字水平，无声地做出了巨大的贡献……”

承蒙《咬文嚼字》编辑部厚爱，将我的信发表在当年的杂志上。我珍惜这段文字，是因为它表达了我多年来的肺腑之言，表达了我作为《咬文嚼字》一名忠实读者的感谢之情。

令我印象特别深刻的是，郝铭鉴才智过人，但从不恃才自傲，总是兢兢业业，谦虚谨慎，刻苦钻研，精益求精。2004 年组建集团化的上海文艺出版总社时，郝铭鉴已年届花甲，我们请他担任了总社编辑委员会主任。他欣然受命，认真工作，组织业务讲座，展开质量检查，为提高编辑的业务水平，提高出版物的质量，做了大量行之有效的工作，默默地起到了润物无声的作用。记得当年应邀来总社开设讲座的，有著名学者余秋雨、出版家赵斌等人。记得每次质量检查后听取郝铭鉴讲评，社长总编们都十分珍惜，凝神细听，犹如听取一堂重要的业务知识课。

郝铭鉴为人善良，随和。我曾两次与他一起出访，留下很多愉快的记忆。出访途中，彼此无顾忌地开玩笑，亲如兄弟。记得 2006 年 9 月访问俄罗斯，大家都买了套娃。套娃是俄罗斯的民间工艺品，乃木制的人形玩偶，外形似桶，打开桶盖，还有个小号的站立其中，二娃“腹中”还套着个三娃……如此套中套，子孙“繁衍”可至九代。我们在街头摊位选购套娃后，坐上面包车继续行进。车上，郝铭鉴迫不及待地在车上欣赏起套娃来。汽车颠簸，一不小心，他掉了一个最小的套娃，寻来寻去寻不到。有人说，这下好了，末代子孙留在俄罗斯了。大家听了，哈哈大笑。

这几年退休后，我们来往少了。后来听说他病了，心中十分牵挂。去年春节前夕，1 月 30 日，我和周建宝一起去医院看望他，和他建立了微信联系。他给我的最后几段微信，写在今年阴霾重重的春节前夕。他告诉我，他的病仍未得到控制，因黄疸居高不下，又住进了医院。他说，住院无聊，日前写了一篇回忆录，“另文转上，聊博一粲”。随后附上了一篇记载他与聂绀弩先生交往的回忆录，文笔生动，一如既往。我说，得知他在与疾病相处的过程中，依然坚强，依然思考写作，无比钦佩，衷心祝愿他在新的一年里逐渐康复。他回复表示感谢和祝福，并激昂地表示了对春回大地的期待，最后一句是“让我们一起迎接春天吧！”

今日是庚子年清明节。令人痛惜的是，春天姗姗来迟，先生却走早了。草木萋萋，海棠盛开，祈祝郝铭鉴先生安息。

（写于 2020.4.4　曾刊于《编辑月刊》）

第四辑　夕阳胜景

最美不过夕阳红

《绚烂的晚霞 不倦的人生》，是市文联部分老同志老有所为事迹汇编，是他们退休生活的缩影，心路历程的反映。读了令人感动，令人振奋。

人生旅程，总要不断经历角色转换。当不再需要朝九晚五地赶着去上班的时候，怎样过好退休生活，是我们每个人都会面临的课题。文联的老同志们在这方面交出了一张出色的答卷。淡泊明心志，情系夕阳红，他们以奋发向上、老有所为的精神风貌，书写了人生新篇章。

阅读老同志的事迹，令人难以忘怀的是他们的奉献精神。退休后，他们凭借自身知识渊博、经验丰富、办事认真、乐于奉献的特点，精神振奋地投入所热爱的事业，孜孜不倦地追求，默默无闻地为社会作贡献。在他们中间，有的继续从事艺术研究，不断著书立说，为文艺史志填补多项空白，得到业界高度赞赏；有的运用智力资源，执掌教鞭，举办讲演，为后人传授专业知识；有的组织艺术活动，创办文化产业，将艺术奉献社会，甚至传播海外;有的热心公益,奉献世博,服务社区,敬老爱幼,善理家政,可谓涓效点滴,润物无声。

阅读老同志的事迹,令人印象深刻的是他们的专业精神。他们意识到,人终将变老,谁也无法改变自己的年龄和容颜,但专业可以坚守,快乐可以创造,美丽可以追求。他们把专业爱好视作最有效的生命支撑,不减初衷,一往情深。他们不戚戚于富贵,不汲汲于名利,依仁游艺,探颐钩深,学而不厌,诲人不倦。在他们身上,体现了终身热爱文化艺术事业的情怀,体现了不懈追求、与时俱进的精神。

老同志的精神境界,让我想起夕阳红的胜景,想起乔羽先生写的那首歌《最美不过夕阳红》。近年来,我经常在傍晚时分,走在古北路桥上,远望西面的夕阳。只见夕阳在云层里显现,放射出温暖的余晖,映照着晚霞,染红了天际。此时此刻,我常常抑制不住内心的激动。夕阳之美是沉静之美,质朴自然,不矫揉,不造作;夕阳之美是从容之美,历经风雨,不轻狂,不浮躁;夕阳之美是纯净之美,无私奉献,不奢求,不索取。这,正是老同志精神风貌的写照。无疑,老同志们的事迹是感人的,境界是高尚的。他们是可敬可爱的老一辈,是值得后来者学习的楷模。

文联机关、协会退休党支部汇编这份材料,做了一件有意义的好事。相信这份材料能够得到大家的关注,给人以启迪,激励大家学习老同志的精神,做好本职工作。同时,我们要进一步关心离退休老同志的身心健康,鼓励有条件的老同志适当地发挥余热，发挥和保护他们的积极性，提升他们的健康水平，提高他们的日常生活质量，让他们安享祥和幸福的晚年。

衷心祝愿老同志们身体健康，生活幸福！

（写于 2009.12.9）

长寿与童心

童心不泯，是老人长寿的重要因素。最近，一位老人让我再次领略了这一真理。他，就是著名儿童剧作家孙毅。

孙毅今年已过88岁，曾与任溶溶、圣野一起获得儿童文学事业“杰出贡献奖”。温家宝总理曾于2009年1月14日写信，对他笔耕不辍的精神和诗作给予热情称赞。日前，孙毅托人带来近作，系诗歌30首。老人附言道：“送上今年的山歌，仍是文会友，觅知音”。

正是新茶吐绿的季节，展卷品读老人的新作，我深深感受到，诗中依然跳动着一颗童心。

童心，表现为一种求知的兴致。老人的诗歌，题材广泛，反映了宽阔的视野。其中，既有表达农民工春节返乡情愫的，也有歌颂劳动者奉献精神的；既有反映“占领华尔街运动”的，也有嘲讽“世界警察”霸道行径的；既有调侃自己旅游途中所出洋相的，也有描述祖国秀美风光的；既有回顾祖

看望孙毅老师

孙三代经历的，也有情人节写给妻子彭新琪的。……诚如诗中所说，“家事社会事，国事世界事，事事有所思，事事是心事。”我想，只有一个睁大眼睛看世界的孩子，才会具有这样一种兴致，对世间万物充满好奇。诗中的孙老，多像一个孩子啊。

童心，更表现为一颗单纯的心灵。在老人诗中，语言风格是单纯的。他直抒胸臆，如儿歌般直白、质朴、幽默。他时而以儿童的口吻，赞颂循循善诱的教师；时而以儿歌风格，反映各类社会现象。不论涉及何种话题，言语一概简朴、流畅，且不乏俏皮，令我们仿佛看到一位白发老人面对孩子摇头晃脑吟诗的情景。在这种语言风格背后，可以感受到一颗单纯的心灵。你听："老头和老太，退休不闲在，读读儿童书，评评好与坏，为了下一代，心中充满爱。"你再听："三个八十白头翁，活得快乐又轻松，你想问问为什么，个个天真像儿童！"诗中的老人，不都拥有一颗儿童般单纯的心灵吗？

现代人喜欢探究长寿之道，我相信，从孙老身上，可以得到启示。一个耄耋老人，多年来诗作不断，如清泉汩汩流淌；还经常骑着自行车下社区、进学校，为孩子们办讲座，排剧目。如此旺盛的创作激情，如此良好的身体状态，与他始终保持一颗童心，显然有着密切关系。

在一定意义上说，拥有童心，就是养生良药。一个老人，多一点儿童般的兴致，把智慧用在发现世界、探究世界上，远离麻木、僵化、百无聊赖的状态，一定会生活得更加生机勃勃；一个老人，多一点儿童般的率真，生活在一个相对单纯的环境中，远离老于世故、工于心计的状态，一定会生活得更加幸福美满。一位哲学家曾经说过，一个人，简单就会显得年轻，世故就会显得苍老，其中蕴含着值得深思的道理。当年，黄庭坚七岁写下《牧童诗》："骑牛远远过前村，短笛横吹隔陇闻，多少长安名利客，机关用尽不如君。"一语道尽了追名逐利、工于心计的痛苦和无聊。如果说，在现实生活中，人们还难于摆脱纷繁复杂的世事纠缠，那么，老人，作为拥有更多生活支配自由的人群，理应作出一个有益于身心健康的选择。

“老顽童”，是孙毅在名片上给自己起的雅号。让我们保持童心，学做一个老顽童吧。

（写于 2012.6.8　曾刊于《金色年代》）

在艺术天地中追梦

友人王良虎，本是个科技工作者，却钟情于书法艺术。多年来，在辛勤工作的同时，他拜师学艺，勤学苦练，终于练就一手好字。2011 年 11 月 1 日 5 时 58 分，成为他终生难忘的时刻。因为从这一刻起，他的书法作品随我国航天飞船“神舟八号”升空，遨游太空 17 天后返回地面。他的作品只有一个字——“梦”，全部重量 14 克。然而，这轻如蝉翼的分量，承载了一个民族的航天梦，承载了一个人的书法梦。那真是沉甸甸的梦啊。

环顾周围，在艺术天地中追梦的人，还有很多。

温州企业家李海燕，也是一位是怀揣艺术梦想的人。柔美的江南水乡熏染，系统的声乐训练，造就了她的艺术基因。进入商海后，她依旧满怀对艺术的挚爱。一个偶然的机会，观赏歌剧《江姐》，令她激动不已。她下决心要在有生之年，演一回江姐！从此，无数次飞赴京城，观摩高水准演出；下工夫拜师学艺，沉浸于歌剧艺术之中。终于，2012 年 2 月，她先后登上上海东方艺术中心、北京国家大剧院舞台，与上海歌剧院演员合作，主演歌剧《江姐》，圆了自己的梦。

同窗戴大年，则是一位音乐领域的追梦者。在经营企业的同时，他孜孜以求的，就是聆听全世界最美的音乐。多年来，或飞往世界各地，或委托出国的朋友，搜寻最好的唱片。他在古镇泗泾的别墅里设置了听音室，在那里追寻天籁之音。一个星期天，我们来到他家，静静地分享他的音乐梦。那天，聆听的是席琳迪翁的电影《泰坦尼克》主题曲《我心依旧》，安德烈·波切利的《告别时分》，12 岁女孩洁姬·伊万可的《今夜无人入眠》……原版唱片的音质，听音室的音响效果，无疑是一流的。我们和他一起，在音乐声中度过了美好时光。

无疑，在艺术天地中圆梦，是人生的一种境界。今天，越来越多的人，尤其是老年人，正在进入这一境界。过去没有时间的，现在拥有空闲时间了；过去囊中羞涩的，现在拥有一定能力了。他们未必能登上大剧院的舞台，却能在社区合唱团获得一份快乐；他们未必拥有听音室，却能通过吹拉弹唱感受音乐的美好；他们未必有搭载飞船的幻想，却能在笔墨中领略书法的博大精深。放眼看看，在各类老年大学，在社区街坊，有多少人在练书法、学绘画、弹钢琴、弄盆景、玩摄影，有多少人热衷于各式各样的收藏，有多少人在阅读多年来一直想读的书，乃至创作诗文。你可以从中感受到，今天，越来越多的人把精神文化生活作为一种享受，从中寻觅着一种高尚的乐趣。这无疑显示了社会的进步。

人的一生,可能从事各种职业,也可以产生各种追求。但到人生的一定阶段,很多人都回归文化。文化生活是与幸福指数相关的生活。艺术追求是可以相伴终身的追求。愿更多的人在艺术天地中,寻找自己的精神家园,在那里挥洒智慧,追梦圆梦,享受快乐的人生。

(写于 2012.8.6　曾刊于《上海采风》)

重阳漫谈老年乐

时值重阳节，想起了老有所乐的话题。目前，中国正以空前的速度进入老龄化社会。如何让老人老有所乐，过一个幸福的晚年，已愈来愈具有普遍意义。

应该承认，快乐与长寿，是相辅相成的。多年前的一次新疆之行，让我确信这一点。新疆是国际自然医学会确认的世界五大长寿地区之一。一般认为，当地人之所以长寿，除常吃新鲜瓜果、长年坚持劳作外，与能歌善舞的民族特性相关。维吾尔族人热情开朗，年轻时就喜欢唱歌跳舞，年老后仍然喜欢在琴声中翩翩起舞歌唱。他们的家乡具有歌舞之乡的美誉。他们终身享受着民族文化的滋养。因此，在一个荒漠广袤的地方，人们生生不息，且创下长寿纪录。这神奇的现实，正好印证了老有所乐的重要性。

然而，做到老有所乐，并不容易。老年人在辛苦奔波了大半辈子后，容易受到消极情绪的困扰，陷入孤单空虚的境地。这在任何国家都不例外。

记得1999年秋的一天,在美国旧金山景观壮丽的金门大桥上,我曾与两位老人谈及这一话题。老人来自上海,退休后来此与女儿同住。老人指着桥下汹涌的海浪说,前天,电台广播了一个消息,金门大桥自1937年建成至今,已有多少人从桥上跳海自尽了。跳海者的具体数目我已记不清,反正是个四位数。其中,多数是老人。经济窘迫、疾病缠身、老年丧偶、孤独寂寞等等,分别是跳海者厌世轻生的原因。我想,类似的情况,在我们国家同样存在。

因此,如何帮助老人摆脱孤苦状况,让老人尽可能享有快乐晚年,需要全社会给予关注。比如,老人的子女要尽孝心,在力所能及的情况下多多关怀父母;政府和社区要行善举,改善文化设施,组织文化活动,为丰富老人精神生活办实事,让老人成为真正的"乐龄人士"(新加坡语)。

当然,实现老有所乐,最重要的是老人要自得其乐,知足常乐。要保持对生活的兴趣,从自身实际出发,做自己喜欢做的事。我至今记得,多年前参观德国明斯特民俗博物馆时,遇到一位在现场作讲解的八旬老人。他满头银发,引导我们,循着古风车、古民宅、古酒窖、古马厩、古铁铺,徐徐而行,娓娓而谈,俨然是古村落里的老村长。其实,他是当地一所中学退休多年的历史教员。老人那一脸幸福的神情,表明他把做义工看作了一种莫大的快乐。

清代著名养生家石天基著有《长生秘诀》,提出"天地多乐事",希望老人常怀乐意。他提出了八方面的乐事:静坐之乐,读书之乐,赏花之乐,玩月之乐,观画之乐,听鸟之乐,狂歌之乐,高卧之乐。他认为,若能如此,随时随地都有趣,身心自然健康愉快。

其实,生活中何止八大乐事? 以笔者体验,进入花甲之年后,树荫下散步之乐,墨香中挥毫之乐,球场上挥拍之乐等等,无不令人心旷神怡,倍感快乐。退休后的老人,摆脱了工作时的种种羁绊,拥有自由支配的时间,拥有一定的经济能力,拥有相知的友人,完全可以自由地选择适合的项目,享受老年之乐,安度潇洒人生。

让我们拥有快乐的老年。

(写于 2012.9.5　曾刊于《金色年代》)

老母亲的开心事

老厂同事见面，聊起赡养老人，不约而同地说到了精神生活问题。

显然，今天，很多老人不愁吃不愁穿，却为生活的孤寂而苦恼。在衣食无忧的情况下，老人尤需精神关爱。

谈话间，程唯唯说起母亲晚年最开心的事，给我留下了难忘印象。

“母亲曾是一位纺织女工，含辛茹苦一辈子，活到93岁离开人世。在她晚年，最开心的时刻，莫过于在老年合唱团度过的时光。

“那时，我父母居住在长风公园后门，老两口每天都到公园散步。正是在公园里，母亲找到了自己的最爱——长风地区老年合唱团。

“那年，母亲77岁，是合唱团里年龄最大的一个，大家都亲切地叫她赵妈妈。许多歌，母亲不会唱，父亲找来歌谱，帮她一一抄写，再买个早已淘汰的录放机，让母亲看着歌谱，听着歌声，一遍遍地学。

“回到家里，俩人都有关于唱歌的话题。母亲滔滔不绝对父亲说，原来以为老歌好听，其实新歌也蛮好听的。你听，《走进新时代》、《春天的故事》，唱起来都老有精神的。不相信，我唱给你听。

“自从进入合唱团，母亲更精神了，也更爱美了。衣服颜色都喜欢比较鲜艳的，大红的，绿的，白的，嫩黄的，每天都要换行头，头颈里系上一根漂亮的丝巾，有时还抹上一点点口红。父亲称她老妖怪。说她，老了老了，要漂亮了。

“加入合唱团后，母亲更爱管闲事了。见一位中年妇女患病，流露出厌世情绪，母亲不断开导她，还陪她到中医医院去看病。合唱团团友聚餐、旅游，她也积极参加，兴奋得忘记了自己的年龄。

“最让人不可思议的是，她坚持要我去合唱团，跟大家见见面。我对母亲说，我怎么能去？我算什么？我又不是你们的领导。母亲坚持说，怎么不能去！你是我儿子，你想怎么说就怎么说。我被她弄得哭笑不得，实在拗不过，被她拖进了合唱团。

“那一天，面对合唱团五六十个老人，我定了定神，首先对大家深深地鞠了一躬。然后我说；今天，我专门来这里感谢你们。因为是你们，给我母亲带来了欢乐。你们充满激情的歌声，奋发向上的精神，感染了我的母亲，使我母亲对生活充满了爱，充满了希望。自从加入你们的团队，她变得精神了，变得年轻了，变得更爱美了。老实说，这是子女再孝顺、再努力也做不到的。我代表我的兄弟姐妹，衷心地感谢你们，真心地祝大家身体健康，万事如意！最后，我对着他们深深地三鞠躬。说实在的，那天，我紧张得出了一身汗，而母亲在人群中舒心地笑了。”

唯唯的讲述，使大家深受感染，也使我联想起自己的母亲。我母亲今年86岁，除了看电视、聊天，最开心的一件事，就是参加里弄读报组活动。每逢星期二清晨，她总是拄着拐杖，缓缓而行，准时进入活动室。老人们读一段报纸，议一阵时事，唱一首老歌，真是兴奋不已。回到家里，母亲总要一一述说给我们听。显然，老人多么需要精神生活！人间最贵是真情。作为子女，要关心老人的衣食住行医，也要关心老人的精神生活。别的做不到，多抽点时间，和老人聊聊天，给老人一点精神慰藉也好。

（写于2012.12.11　曾刊于《金色年代》）

心宽自有老来乐

动怒易伤身，上了年纪要制怒，这已是人们一般常识。而及时制怒，关键在于有个好心态。

人到老年，怎么保持良好心态？据我从老艺术家身上观察，最重要的，有这样几条处世之道。

一是有充实的生活内容。声乐教育家周小燕，至今依然活跃在音乐教学岗位上。如果不是亲眼所见，确实很难相信：眼前这位精神矍铄、才思敏捷、体态轻盈的老人，已有95岁高龄！人们曾多次问她："周老师，您要干到哪一年才退休？"她的回答是："我没有退休计划，如果我能活一百岁，我就教到一百岁。"类似的问题，也有人问过74岁的京剧表演艺术家尚长荣："尚老师，您准备演到多少岁？"尚先生的回答是："如果状态好，观众也需要我，那我就一直演下去。"显然，一个人，有着充实的生活内容，明确的奋斗目标，这是保持良好心态的先决条件。

陪同周慕尧同志探望周小燕老师

与周小燕老师合影

二是有宽广的胸怀。电影艺术家张瑞芳在世时，我曾多次到医院探望，当时，她视力衰退，但思维清晰。给我留下深刻印象的是，她对当代年轻演员的宽容之心。据译制片导演孙渝烽回忆，当时，有人谈到对一些年轻演员看不惯，瑞芳老师总是说："我们不要苛求年轻演员。一个演员，只要自尊自爱，就一定会不断总结经验教训，不断进步。我

偕何麟探望张瑞芳老师

们不也是这样走过来的吗?”有人谈到一些年轻明星雇佣保姆照顾生活起居等现象,瑞芳老师笑着说:“明星有条件供养为她服务的人,这很正常,有什么可指责的？年轻演员的黄金时间也就那么几年,让他们抓紧时间多拍几部戏,给观众以美的享受,这有什么不好?”平静的话语中,渗透着对年轻人的理解,“春风大雅能容人”。显然,具有宽阔胸怀的人,心态比较平和,决不会像“九斤老太”那样,动辄为一些正常现象而愤愤不平、喋喋不休。

三是有甘于吃亏的精神。用画家贺友直的话说,就是“向阿 Q 学习”。贺老今年 92 岁,在他的艺术生涯中,得到过无数赞美和荣誉,也受过不少

探望张瑞芳老师

委屈，特别是职称、住房问题解决得不称心。直至退休，没有解决正高职称；直至今日，依然住在石库门一间老房子里。这对一个蜚声画坛、荣获首届中国美术奖终身成就奖的著名画家来说，似乎是不可思议的。然而，贺老对此却有良好的心态。他说，我的这间屋子虽然小，但屋小心宽；我在绘画界虽然不算富，但也不算穷；我待在这间屋里搞创作习惯了，我没有什么牢骚可发。就是在这间老房子里，他勤于创作，专注于画上海小市民，画老弄堂的生活。近几年，他愈益勤奋，一年一个专题，先后完成《老上海 360 行》、《城市边角》、《儿时玩耍》等创作，做到了精品迭出。新春前夕，我给老人拜年，谈起新的创作计划，他的眼睛格外有神。他告诉我，已将目标瞄准 2014 年新春，要完成一部反映宁波人在上海闯天下的系列作品，题目就定为《走街串巷忆旧事》。要知道，这是一位九旬老人的创作计划啊。

保持好心态，我们确实要向老艺术家学习。

（写于 2013.2.17　曾刊于《金色年代》）

人生圆梦新起点

退休,是人生一大转折。告别朝九晚五的上班族生活,结束忙碌的工作状态,进入家庭的平静港湾,人,似乎获得了某种解放。然而,对一个在原有轨道上行驶了几十年的人来说,如果缺乏充分准备,难免产生种种不适应。比如,不习惯于无所事事,不习惯于门庭冷落。

确实,在一定意义上,退休是个门槛。过好这个门槛,首先要有达观的心态。要看到年岁不饶人,按制度退休是生活常态,告别岗位就是顺应自然。更要看到退休也蕴藏着积极因素。退休这一时间节点,完全可能成为人生圆梦的新起点。

此话夸张吗?一点也不夸张。

人生在世,谁都有自己的爱好和追求。然而,直至退休,许多人却难以圆梦。这是因为,人们为生活而忙碌奔波,很少有充裕的时间和条件做自己有兴趣的事情。比如说你爱好弹琴唱歌,爱好种花养鸟,爱好读书写字,爱好摄影绘画，爱好周游天下等等，种种爱好和追求，很可能缺乏足够的条件去实现。马克思所设想的人的全面发展时代，那种“上午狩猎，下午钓鱼，晚上讨论哲学”的时代，我们毕竟还没有达到。因此，许多人忙忙碌碌几十年，临近退休，回首平生，留下了几多遗憾。

段力佩校长

如果情况真的如此，那么，好了，退休了，你有自由支配的时间，有尚属充裕的精力，还有一份保障生活的养老金，可以做那些以前想做而未做的事，弥补自己的遗憾，实现自己的梦想。在这个意义上说，退休，并非仅仅意味着失去，也意味着得到。这些年，我的一些同龄朋友，正是在退休后得到了圆梦的机缘，享受着生活的快乐。

比如，圆读书梦，在书斋里静静地享受阅读的愉悦。一位老友，曾表达这样一个意愿：退休后，要把平时积存的想读而来不及读的书，一一读完。在他心目中，书是人类智慧的结晶，要通过读书，透过云雾，一睹天地之宽广,山川之秀美,保持思想之通透,精神之通达。不辜负那些好书,也不让大脑在闲置中变得迟钝。

比如,圆旅行梦,投身于大自然的怀抱,浸润于人文历史的长河。一位老友,去年竟有三分之一时间在旅途。他在邮件中述说,“这一年,行走于巴山蜀水,目睹险峻高山;回到当年插队的江西乡村,重温农家生活;飞行在尼泊尔上空,遥望云中雪峰;漫游欧洲古堡,品尝陈年红酒。”真是充满诗情画意。

又如,圆会友梦。出门访友,小聚会友,品茶喝酒,谈古说今。一位老友,退休后联系老朋友,结识新朋友,建立了各种相聚方式。他在短信中描述:“那海阔天空的谈笑声中偶尔夹杂着老人的咳嗽声,那茶香酒香菜香的气息中调和着漫长的岁月和深深的友情。”

再如,圆健身梦。人老了,难免疾病缠身,机件生锈。那么,趁退休之际作个调整,以健身为目标,为自身除锈加油吧!我的老校长段力佩先生,自幼患小儿麻痹症,一生历经坎坷,却因胸襟宽广,科学健身,活到 97 岁,成为当年上海健康老人。现在,百岁老人越来越多,在养生健身方面,谁的身边都不乏成功的范例。

圆梦,无疑还有很多方式。倘若留神社会的角角落落,你可以看到以种种方式享受人生快乐的退休老人:有唱歌的,参加合唱团后接受专业培训,一展优美动听的歌喉;有弹琴的,埋头于曲谱中,用灵巧的双手弹出悠扬的琴声,实现了多年夙愿;有旅游的,周游世界后发回一条充满自豪感的信息:“最近去南极了,走过七大洲了”;有养鸟的,忙着为鸟喂食、戏水、清洗,然后端坐一张藤椅,喝着茶,听鸟叫,怡然自得;有学书法的,提笔在手,鹤立案头,审度宣纸,凝目寻思,屏气运力,仿佛在做气功或是打太极拳;有弄盆景的,时而远远端详植物造型,时而走近植物剪枝叶、扎铁丝,那一脸黝黑,俨然是阳光下作业的老农……

任何一个退休老人,只要有心寻找,都不难找到自己心仪的项目。从实际出发,考虑自己的志趣、身体、经济等条件,适合自己,量力而行,就是好的选择。让我们把退休作为人生圆梦的新起点,按照自己的意愿,做有意义的事,做自己喜欢做的事,享受生活的欢乐,过一个幸福的晚年。

(写于2013.4.11 曾刊于《金色年代》)

不妨留点家史

友人陈克俭，退休后花费大量精力，用于整理出版前辈生前事迹。如今年过八旬，双鬓斑白，依然为之奔走，终于修成正果。日前赠我图书《洋灰世家》、画册《洋灰陈四代人》各一本。

细阅书籍，知道了闻所未闻的许多故事。原来，其祖父陈一甫、父亲陈范有，是天津民族资本的代表，也是中国第一家水泥厂的创办者和继承者。从书中可见中国民族资本创业的艰难：既要引进外国先进技术，更要面临外资企业的激烈竞争；既要取得国民党高官的支持，更要承受来自旧政府的压榨。从书中也可以感受到中国企业家坚贞不屈的奋斗精神：1937 年 12 月日寇攻陷南京的危急关头，陈范有创办的江南水泥厂利用国际关系掩护和国际友人支援，在血色恐怖的环境里开辟出一片绿洲，使厂房成为难民避难所，拯救难民三万多人，以宁为玉碎、不为瓦全的精神，在中国抗战史上留下一段佳话。

细读书籍，也为新中国成立后民族资本所受的“左倾”干扰而叹息。民族实业家陈范有不幸离开人世，留下了历史之痛。对此，长期以来，陈氏后代噤若寒蝉，不敢谈起父亲。直至党的十一届三中全会确立实事求是的思想路线，吹来改革开放的春风，才打开尘封的档案，恢复了历史真实，澄清了相关的是非。

我想，一个老人，以耄耋之年辛勤整理家史，不仅是为了告慰前辈，为家族留下光彩，更是为社会展现了老一代知识分子的爱国情怀和感人业绩，留下了值得珍视的历史教训。

其实，值得留下家史的，何止那些有显赫业绩的人家？无数普通人家，同样有值得大书一笔的史实。

友人程唯唯，年过六旬，出身工人家庭，最近，历时半年多，完成一部家史，记载了全家90多年的生活轨迹，我读后同样深受感染。

程氏家史最鲜明的特点，就是叙事真实，感情真切。全书充满生动的细节，真实地记叙了亲人之间的关心和依恋，记叙了丧失亲人的悲凉和痛苦，令人倍感人生短暂，亲情无价。全书细述家庭变迁，从家史折射出时代大背景。比如，母亲成为日本人纱厂童工、受尽拿摩温欺压的情景；新中国成立后全家享受劳动者待遇、搬进甘泉新村的情景；困难时期全家割草挣钱、艰难度日的情景；“文革”期间父亲被批斗、遭抄家动荡不安的情景；改革开放后父亲获得平反、欢度晚年的情景；母亲晚年参加老年合唱团、进入养老院的情景等等。令人倍感个人命运与民族命运的相关性。个人和家庭命运尽管有一定偶然性，但归根结蒂总是与大时代密切相关，与祖国命运密切相关。作为炎黄子孙，我们不仅关注自家忧乐，也要关注万家忧乐，立志为社会进步做一点力所能及的事情。

如果说，生活本身就是教科书，那么，忠实反映生活的回忆录，便是书面形态的教科书，是可以给人以启迪和教益的。读完两位友人的家史，我不仅从中获得很多教益，也深感家史的重要。家史，是沟通代际的桥梁，也是启迪后人的教材。如果条件允许，我们不妨留点家史。

（写于2013.6.8　曾刊于《金色年代》）

珍贵家训代代传

这些年，访问过不少人家，发现很多人家重视装修装饰。其风格，典雅大气的有之，富丽堂皇的有之，朴素淡雅的亦有之。然而，真正给我留下难忘印象的，是友人王佩玲的家。

在她家里，书画作品散发出墨香，家人照片传递着温馨，花卉盛开增添了生机。而令我久久凝视的，是她先父留下的一幅手书笔墨。

这是一首五言长诗，共500字、100句，内容包括人生要义、为人处世、伦理道德。全诗用端庄凝重的楷书书写而成，从十个方面阐述为人之道。谨摘录如下：

“人生贵立志，庶不虚生世。有志事竟成，任何难亦易。……

“人生贵有识，所见须透辟。勿为幻象迷，勿为邪说慑。……

“人生重品节，卓然有所立。守身如璞玉，立品如岩壁。……

“人生重伦纪，庶与禽兽异。上下须有分，长幼须有次。……

“交友宜慎择，亲贤而近德。品行相砥砺，学问相磋切。……

“态度要端庄，泰然而威厉。恭敬而谦和，使人敬而畏。……

“知识无止境，随时要学习。虚心与恒心，二者勿失一。……

“工作须谨慎，不可稍疏忽。勤则能补拙，慎则可防失。……

“生活宜节俭，量入以为出。享受向下比，知足心自怿。……

“生命只一次，失之不复得。珍此七尺躯，应知自爱惜。……

全诗结语写道：“谨就思想品德工作学习生活等方面应注意之道编写为五言诗十首，用作箴铭，以示后昆，希勿以陈言而忽之。”

显然，这是一首凝结着老人心血的长诗，值得驻足细读。

王佩玲为我讲述了笔墨后面的故事。其先父王退斋，出生书香门第，自幼传承祖父的道德文章。他擅长诗词曲赋，曾与南社的柳亚子先生唱和赞赏，曾代表学生会起草救亡图存万言书，曾在国民学校校长任上配合地下党保护学校财产和教工安全。新中国成立后，他积极捐献文物，为充盈地方博物馆馆藏作出贡献；他以厚实的国学功底和诗书画才艺蜚声文坛，被聘为上海文史研究馆馆员，并担任文史馆春潮诗社副社长。

就是这位可敬的老人，在其晚年，以一首长诗总结人生要义，亲笔书写，留给后人，随后以 98 岁高龄仙逝而去。从此，在全家人心中，长诗就是老人留下的家训，就是家庭的魂，就是全家最宝贵的财富。王佩玲夫妇自海外归来安置新家时，在全家最显著处端端正正悬挂的，正是老人的这件墨宝。

多年来，这件墨宝，如春风化雨，滋润着全家。王佩玲家庭和睦，事业有成，孩子品学俱优，健康成长。伴随他们一路走来的，正是老人的墨痕心声。

我由此受到的启发是：中华文化传统悠久。家训，正是浸润着优秀传统文化的重要载体。这是代代相传的家宝，这是中华文化的优势。在当今世界文化融会贯通的新形势下，我们应当珍惜中华文化这一优势，珍惜祖宗留下的充满道德精神和文化智慧的心声，让其在现代化进程中，为化解各种危机、实现民族复兴再次发挥作用。

（写于 2013.7.11　曾刊于《金色年代》）

一位老人的笔筒故事

2012 年 4 月 26 日，王清铎老人来文联访我未遇，在门房间留下一件礼品。待我回到单位，拆开层层包裹的旧报纸一看，原来是两只笔筒。

说实在的，这年月，我并不缺笔筒。书房的角角落落，已经摆放了不少笔筒。论来源，有自购的、发放的、友人馈赠的。论材质，有竹制的、木雕的、瓷器的。东西多了，有时便不那么重视了。

然而，王清铎送的笔筒，我却不敢轻视。因为他是一位 86 岁的老人，一位历经革命战争烽火的老战士。为送两只笔筒，他大老远地从家里赶来，其中必有道理。因此，我拿起笔筒，细细查看。果然，发现笔筒里附有一封亲笔信。

信中这样写道："送上笔筒两只作为纪念，此物虽不值分文，但因是我亲手制作的工艺品，其中蕴含着我的深情，故不揣粗陋相赠，望祈笑纳。""此物是以酒瓶为原料，去掉瓶颈，用手研磨而成，手臂转动上万次，是锻

王清铎老人制作的笔筒

炼身体和消磨时间的好方法，退休后不妨一试……”

读完这封信，我顿时明白：眼前这两只笔筒，是利用废弃的酒瓶制作成的。细细端详，只见一只笔筒为纯玻璃材料，方形，呈茶褐色，显得简约朴素；另一只是在玻璃外面复合着一层陶瓷，陶瓷上重复凸现出“迎驾贡酒”四字，显得古色古香。

这确实是很有特色的笔筒。笔筒中仿佛残存着美酒的醇香。我闭起眼睛，默默遥想那酒瓶变笔筒的故事。一个 86 岁的老人啊，端坐在书桌前，面对截去瓶颈的酒瓶，琢磨着，如何让犬牙交错的瓶口变得规整、光滑？

“手臂转动上万次”！就是他简单的回答。于是，一天、两天、三天，老人用锉刀重复着同一个动作。时间在研磨中消逝，笔筒在研磨中成型。在无数次的手臂转动中，那参差不齐的瓶口，渐渐地变得规整、光滑，一只空荡荡的酒瓶，变成了一只漂亮的笔筒……

蓦地，我想起老人年轻时，为抵抗侵略者，曾在胶东抗日敌后根据地的兵工厂，投身于制造武器弹药的行列。我想，那时的他，一定也使用过锉刀，也曾“手臂转动上万次”！如今，时近夕阳，他依然使用着同一个工具，重复着同一个动作，依然保留着当年的姿态！

凝视着笔筒，我想，在我行将退休之际，老人为什么要送上这样一件特殊礼物呢？他在信中说，是向我推荐一种“退休后不妨一试”的健身方法。其实，无意之中，老人也向我传递了一种精神。那是一种淡泊宁静的心态，一种坚韧的定力，一种崇尚俭朴的精神。

现在，这两只笔筒摆在了书房最显眼的地方。它给予我的，不仅是一种用笔的便利，更有一种精神的启迪。笔筒散发着淡淡的酒香，也焕发着一种无声的力量。

（写于 2014.2.9　曾刊于《金色年代》）

依然感动

今年有首流行歌，叫《群发的短信我不回》，表达了对群发短信的不屑。

然而，依然有人在乎这种方式，留意其间传递的友情。一位朋友说，退休三年了，今年春节还收到83条拜年短信，很开心，也很感动。我想，这83条短信中，一定有群发的。但朋友依然为之开心。我理解他。在这世态炎凉的人间，人们需要相互关怀。群发短信虽然只用瞬间，依然表达了关注，传递了祝福，让人感受到暖意。

群发短信，包括原创的和转发的，相对而言，原创的更教人难忘。今年春节，一位北京朋友来信“感事述怀”，附诗一首：“人生七十鬼为邻，梦赴西天醒在尘。历览阴阳何是好，乐天乐水乐天伦。”表达了热爱尘世、珍惜人生的情怀，令人深思。一位上海老人则显得达观，在短信中写道：“伏枥奋蹄大任在肩千里志，飞花点翠小康放眼百年期。祝福你快马加鞭奔向成

上钢十厂80年代生产场景

功，奔向幸福，奔向一百二十岁！”要知道老人年届八旬，正住院治病，却依然保持着活跃的思维、精到的文笔。新春之际，他高呼奔向 120 岁。这是多么良好的心态！

自然，在各类短信中，那种专发的个性化的短信，更令人珍惜。今年春节我收到的短信中，就有这样几条。

一位失去联系多年的朋友说：“我多次发短信问候你，总不见回复，搞得我很纳闷。今天从某某处终于明白你的手机号更换了，所以立即给你发个拜晚年的短信，祝你新年纳福，康乐顺达，问候你的家人！一直尊重你的一位老朋友。”顷刻间，我觉得，与断线多年的老友重新接上头，真是很开心的。

一位 30 年前共事的老厂长提议：“下次见面时，你带幅书法作品，我带幅花鸟画，我们以自己的作品相见。”我顿时感觉内心涌上一股暖流。回想当年，我们经营一家钢厂，共同经历了轰轰烈烈的年代；如今退休了，又分别走进静静的书斋。这是多么美好的人生境界！

一位相识 40 年的老友在远方写道：“此刻，夜晚深沉、鞭炮寂静，正是启笔对友时。老弟，又是一年春草绿，白发张扬告年华，令人感叹时光飞逝。不过，依我体会，退休之后还有好长一段路，走好了，会更有价值，更加精彩，甚至会有人生之途从头越的感觉。无论是养育孙儿，还是河边垂钓，抑或续写篇章，皆可发掘出兴趣和价值。但一切要以身体好为前提，在心绪上把兴趣爱好当作浓醇小饮。心态一定要解放,真正做到宠辱皆忘,知足常乐。……”清冷的寒夜,读着这样温暖的短信,你说,我能不感动吗?

常听人们感叹世态炎凉,人走茶凉。是的,或许,这是一种社会常态。然而,人间仍有真情在。对来自朋友的一切形式的惦记、问候和祝福,我始终心怀感激。我相信,一个人,在心底对所有的人和事都抱着一颗感恩的心,为一切人间真情而感动,一定会活得更健康。

(写于 2014.3.13　曾刊于《金色年代》)

背诵的魅力

孙女是一年级学生，已能背诵古诗30余首。看着她摇头晃脑的样子，听着她奶声奶气的声音，使我联想到背诵的魅力，联想到老人生活中的背诵。

背诵的魅力，首先在于展现心灵世界。情真意切的朗诵往往具有极大的感染力。那是2012年新年，我们在加德满都与尼泊尔朋友相聚，听濮存昕即席朗诵李白诗《将进酒》。突然停电了，仓促间点起了蜡烛。濮存昕在烛光中表演，声音抑扬顿挫，激情汹涌奔放。那声音跨越了语言障碍，令尼泊尔朋友个个如痴如醉。第二天，在中国驻尼泊尔大使馆，我们再次领受了他的朗诵艺术。只见他时而扮演鲁迅，时而扮演弘一法师，时而扮演哈姆雷特……整整一个多小时，独自表演，深沉委婉，激情吟诵，把人们的热情一次次推向高潮。

背诵的魅力，还在于保护心灵世界。这是我从以下见闻中悟到的。

我从报上看到，老革命家习仲勋蒙受不白之冤16年，其中"文革"冤

与濮存昕先生在一起

狱7年半，那是没人说话、远离亲人、与世隔绝的漫长年代啊！为了保持思维和记忆，他以马克思晚年背诵拉丁文诗歌的例子激励自己，背诵《矛盾论》、《实践论》、“老三篇”，昼夜不舍，晨昏无辍，锻炼了思维功能，也磨砺了记忆功能。

前几年，我到医院看望老艺术家黄宗英，也受到同样启示。记得当时走进病房，只见床上摆着可供写字的小桌，窗台上摆着各式各样的书籍，犹如走进一间书房。刚开口问候老人，她便从枕头底下抽出一张纸。接过一看，纸上满是娟秀清晰的字迹，原来，这是她亲手抄录的白居易《长恨歌》全文。她说，老了，要防止老年痴呆，我就经常背背古诗。她翻开枕头，那里，还有好几张抄录古诗的纸条呢。显然，老人正通过背诵延缓大脑衰老和退化。

第三则故事发生在我的朋友何麟身上。何麟是影视表演艺术家，在电视剧《儿女情长》中饰演忠厚的大哥。我俩共事时，有时同车外出，只见他喃喃自语，若有所思。开始不知他干什么，后来方知他在背诵诗文。正是利用点滴时间，他积累了不少作品。去年底，他突患肺部疾病，经历了一场

探望黄宗英老师

磨难和震荡。探望时我问他,手术前夜,你是怎么过来的?他回答:只做一件事,背诗。他背诵的是一首平时熟记的泰戈尔的诗,以此重温一个充满温情的精神世界,增添生活的勇气。

由孙女背诗联想到几个相关的故事,使我倍感背诵的魅力。我想,对老人来说,倘能通过背诵,安静地接受一些优秀作品的滋润,像品尝橄榄似的品尝个中真善美的滋味,不仅能增强文学修养,提升自身气质,还有益于保护思维功能和记忆功能,保护心灵世界。这,应是一件有益老人身心健康的好事。

(写于 2014.7.16　曾刊于《金色年代》)

我与微信

去年底，受友人鼓动，开通了微信。短短数月，我体会到微信带来的好处。

首先，眼前多了一扇瞭望世界的窗。退休后，与社会联系有所减少，微信为我开辟了一个新天地。可以说，凡天下大事，微信无不涉及。从马航失踪之谜，到乌克兰风云变幻；从经济新态势，到反腐新风暴；从全球文化新动态，到传统文化新阐述，等等。信息是大量的，分析是多角度的，比平面媒体丰富得多，也迅捷得多。自然，面对纷繁复杂的信息，需要分析判断，需要独立思考。

其次，微信增强了我与友人的沟通，使我分享了朋友的快乐。通过微信，我看到了朋友创作的新作品。无论是一幅画、一帧字、一件摄影作品，还是一段器乐演奏的视频，无不真切感人。通过微信，我随友人周游各地，走遍天下。无论是冰雪世界、青藏高原、蒙古草原、海南风情，传来的照片无不清晰可见，令人如临其境。

循着友人微信的引领，我还分享了亲历胜境的快乐。几个月来，我远游北国哈尔滨，近观市郊水博园，无不受到微信的启迪。前几天，根据微信指点，我还陪母亲参观了住家附近的油菜田。原来，凯旋路边，我曾经工作过的十钢厂区，去年夷为平地。开发商利用时间差播撒种子，竟于春天迎来一大片金灿灿的油菜花。这是中心城区高楼和轨交环绕中的油菜田啊，整整20亩，何等珍贵！人们趋之若鹜，一时形成热点。我从微信中得到启发，陪母亲前往观瞻。作为昔日十钢人重游故地，自然更有一番感慨。

都市里的油菜田

微信，还使我感受到人生正能量。微信中常有这样的内容：讲述个人经历，阐述人生哲理。一个个小故事，阐发感恩、孝亲、真诚、敬业等等道理，令人感叹，发人深省。蓦然间，我发现，中国大地，喜欢哲理的人真多啊！当然，最珍贵的哲理，还是来自友人的亲历故事。去年底，一位远方朋友通过微信寄来贺卡,正中是自行设计的卡通形象,友人手持糖葫芦,笑吟吟地祝福“生日快乐”,下方却是这样一段话:“去年忙乎了一年,终于老天爷让我歇会儿,于是成功切除了右肺上叶,正在化疗中。希望我送出的祝福更有分量:祝老同学健康快乐!”原来是身患重症的病人啊,我的心顿时被抽紧。一个月后,伴随节日问候,又传来微信:“为防止感冒不敢外出,只好天天猫家。化疗已是第三个疗程,一切都好,吃嘛嘛香。放心吧,我一定会继续加油哒!还剩最后一个疗程,然后是放疗,再然后,春暖花开,虫虫醒了,我也该出去玩儿啦!”一段看似平常的微信,使我感受到一颗勇敢的心,感受到一个无畏险境的美丽生命。

短短数月,微信已成为我的阅读方式之一。打开微信,已成为每天必备的生活内容。相信在今后的人生途中,微信将继续伴我同行。

(写于 2014.11.10　曾刊于《金色年代》)

手推轮椅悠悠走

近年来比较喜欢做的一件事，是推着轮椅车，陪伴母亲外出走走。数年间，我们走遍了附近公园、绿地，还先后走进了古猗园、世纪公园、韩湘水博园。说真的，推车，给了我一种很好的感觉。

推着轮椅行进，首先让人感觉内心充实。母亲今年88岁，可谓辛苦了一辈子，过去很少有时间陪伴她，现在退休了，有机会陪她在绿草花丛中走走看看，满足了她的愿望，对我而言，也是一种幸福。推着轮椅走在路上，遇到过路人投来赞许的目光，也听到过人们发自内心的赞扬，人与人之间，默默地进行着一种交流。

推轮椅车行进，还让我从细节中感受到了社会的进步。大概平时疏于观察吧，两个细节，都是在推轮椅过程中发觉的。

一是无障碍通道的普遍设置。推车时发现，我们的城市，不知从何时起，无论走人行道，还是进公园，进绿地，进博物馆，轮椅车都可畅行无阻。

在宋庆龄故居留影

最令人高兴的是，几乎每一个厕所都设置了残疾人专用间，轮椅车可直行其间，给行动不便的老人带来了方便，也使推车人避免了窘迫。这事看似细节，却让人感受到一股暖意。

二是志愿者的再现。那天，在宋庆龄故居，当轮椅车上坡困难时，一位姑娘在旁助推了一把。哦，那淡绿色服装的年轻人，那花蕾般绽开的志愿者，我们曾在2010年世博会见过。这道美丽的风景线，并没有随着世博落幕而消逝。姑娘告诉我，她是外贸学院大学生，每月来此做“义工”。在今日上海，志愿者工作正走向制度化，大凡公益活动场合，活跃着他们的身影。

推轮椅车行进，还让我更多地见识了可爱的老人。我推轮椅车所经之处，基本上是老人世界。在公园，在绿地，老人们以多种方式享受生活，有的快步行走，有的静坐垂钓，有的下棋打牌，有的挥拍击球，有的翩翩起舞，共同组成了一幅夕阳下和谐生活的图景。

古猗园门口

值得一提的，是老人中默默的奉献者。他们中，有治安志愿者，有环境卫生"义工"，也有用学识滋润人际关系的老人。今年80岁的王贵生，就是这样一位老人。他原为光学精密机械高级工程师，退休后研究古石文化，常到图书馆义务开讲座，向好心人赠送手书的甲骨文条幅。坐公交车遇年轻人让座，他便送条幅示谢，车上顿时呈现互相道谢的感人气氛。一次，他在车上向让座者赠送条幅，前排一位女孩动情地说："爷爷，我用布娃娃换一张可以吗?"王贵生立刻送给孩子一张写有"求索"二字的条幅，还讲解了"求索"的出处，希望孩子永远求索，不断上进。此刻，小女孩静听，车上人静听，全车静谧，令人动容。这事，我也是在推车途中听说的。

手推轮椅悠悠走，使我感受到一种幸福，也使我更多地感悟人生。作为退休生活的一件乐事，我愿将轮椅车推得长久些，更长久些。

（写于2014.12.23　曾刊于《金色年代》）

百岁老人与摄影

日前,《新民晚报》载文,记述百岁老战士施平的传奇一生。一位104岁的人瑞寿星,在长期革命生涯中叱咤风云,屡建功绩;尤其是在拨乱反正岁月冲破阻力,为王申酉冤案平反昭雪,令人经久难忘。

由此我想起与老人的两次接触,眼前浮现出一位充满活力的摄影爱好者的形象。

2005年秋天,在一位朋友引导下,我曾拜访施平老人。老人居住在五原路一座老式房子的五楼,房子陈旧,陈设朴素。当时,他年届96岁,依然神采奕奕,思维清晰。

我们的话题集中于摄影。老人兴致勃勃地介绍说,现在他最喜欢做的事就是摄影。退休后,时间宽裕了,旅游机会多了,他经常背着相机,充满新奇感地观察周围的一切。每当涉足于高山流水、森林大野之间,每当面对姹紫嫣红、百花盛开的蓬勃景象,往往产生一种冲动,促使他拿起相机,记录眼前的彩色世界，摄取生活中的美丽景象。

我惊叹于老人的健康，向他请教长寿之道，老人干脆地回答："我的长寿之道就是摄影。你想，摄影要选取最佳角度，就要不断行走，有时还要登高，无形中锻炼了身体；摄影要寻找美好事物，大自然的资源这么丰富，景观这么迷人，沉浸其中，无形中怡养了心情。既养身，又养心，岂不是最好的长寿之道？"

老人拿出多年积累的照片，向我们咨询摄影画册出版事宜。他说，我是个摄影爱好者，从摄影技术和艺术的角度来说，我还处在探索阶段。自费出版影集，就是想在摄影方面作个回顾，也向亲朋好友作个汇报。老人的话真诚恳切，令我们深深感动。

与老人第二次见面，是在2007年夏上海书展现场。在如潮的人流中，我意外地发现了老人。当时，老人已届98岁。他一个人拄着拐杖，独自来到我们的展位前。他挺着腰板，稳稳地站在那里，一本本地翻阅我们的新版图书。记得他特别关注《行走中国》丛书，这是一套全面展示祖国沧桑岁月和人文风情的图书，汇集了众多摄影名家的珍贵摄影作品。我想，他之所以如此关注这套书，一定与他退休后喜欢旅游和摄影相关。

回想与老人接触的片断，我觉得，老人谈的是摄影，给予别人的则是人生的启迪。一位老革命家，一位曾担负市级领导的官员，退休后转变为一个普通的摄影爱好者。他曾端坐主席台，退休后却在台下端起相机，为别人留影；他曾是大会报告人，退休后却像小学生，聆听别人讲解摄影艺术。通过摄影，他观察大千世界，感受人生快乐，轻松自如地完成了一个转身！我为老人的摄影作品叫好，更为老人的转身喝彩。

多年未见施平老人。如今，他或许不再登高远足，然而，一定继续着自己的摄影生涯。笔耕不辍，摄影不停，是多么美好的晚景。像施老那样，找准生活中的定位，做自己喜欢做的事情，保持良好的心态，努力做一个健康老人吧。

（写于 2015.3.17　曾刊于《金色年代》）

仿佛回到童年

这里匆匆记下的，是我和孙女小溪一起活动的场景。

阳春三月，在小区草坪上，我和小溪试飞一架遥控飞机。我们把飞机安放在草坪中央，打开控制器。顷刻间，机身渐渐升高，飞向空中，超越了头顶，超越了路灯，超越了高高的梧桐树。飞机盘旋在高楼窗口，盘旋在蓝天白云下。试飞成功！小溪激动得大声喊叫，小脸蛋涨得通红……

盛夏时节，在苏州河畔，我带着小溪散步。我们来到一个个民族工业遗址，瞻仰那浓缩了历史的雕塑：哦，那纺织女工并肩合影的雕塑，那深褐色的钢包倾倒着钢水的雕塑，那实业家吴蕴初先生的塑像，那巨龙昂首的火花壁画的雕塑……

寒假期间，在温暖如春的新西兰南岛，我和小溪漫步海滨。我们迎着海风，健步行走。忽然，看到一尊狗的雕塑，雕塑下方镌刻着一段英语碑文。小溪翻译出碑文的大意是：这是一条来自英国伦敦的狗，1968 年 3 月

7日,在雪山上为救人而英勇牺牲。我们默默凝视雕塑,顿时从内心升起一股敬意……

小溪送来生日贺卡

这,就是我和孙女相处的一幕幕场景。退休后,陪伴孙女已经成为我生活的一部分,这样的场景自然很多。我们和孙女生活在一起,除了接送她上学,尽可能陪她玩耍。我们同游公园,同赏山水;我们同养蝌蚪,同养蚕宝宝;我们同踢足球,同打乒乓球、羽毛球;我们教骑自行车,也曾学滑滑板车;我们放飞遥控飞机,也制订了放飞风筝计划,为此作了多种准备……这日常生活中的一幕幕,平凡,细微,却教人珍惜,令人难忘。说真的,儿子小时候,我往往因工作繁忙顾不上陪伴他。现在,这一缺憾,终于在孙女身上得到了弥补,这,也是值得欣慰的吧!

祖孙同乐,使我们加深了感情。每逢生日收到孙女书写的贺卡,每到夜晚端起孙女舀的醇香的黄酒,我的心里总感到甜滋滋的。有一次,我打完太极拳归来，见孙女留条："爷爷，这是我送给你的礼物，请你收下或当场吃掉，不要把礼物还给我，谢谢！"纸条上压着两包酸枣糕，一包凤梨酥。我顿时一阵感动，还拍下照片，让朋友分享。

祖孙同乐，更使我忘却年龄，重拾童趣，仿佛回到了无忧无虑的童年。屈指算来，我们已是"奔七"的人了。半个多世纪的雨雪风霜，年近古稀的客观现实，有时难免使人产生苍凉的感觉，感叹人生这样那样的不如意。在这种情况下，无疑更应该用一种年轻的心态来对待老年的生活。学会记住欢乐，忘却痛苦，做自己喜欢做的事，吃自己喜欢吃的菜，穿自己喜欢穿的衣。世界上没有什么灵丹妙药可以使人青春常在。青春只能永驻在我们自己心中。祖孙同乐，或许是使人忘却年龄的一帖良方。

（写于 2015.4.14　曾刊于《金色年代》）

拥有历史情结的老人

日前,我在文庙参加“口述历史:抗日战争中的老西门”专题活动。近两小时的聚会,以影像资料和研究者口述还原了一段可歌可泣的历史。我第一次知道,在上海一个普通的街道,居然拥有这么多丰富感人的历史资源:震撼山河的《大刀进行曲》在这里诞生,国民救亡歌咏协会在这里成立,蓬莱国货市场见证了日本侵略者的残暴与血腥,文庙对面的敬业中学曾是抗日先锋堡垒。

那一天,朗诵艺术家过传忠、陆醇浑厚有力的声音,把人们带进硝烟弥漫的岁月;一张张《申报》新闻的投影,使人们倍感历史的真实;受难者后代的亲口讲述,提供了悲壮的历史见证。听众中,既有白发苍苍的老年人,也有风华正茂的中青年。大家聆听历史故事,唱响激越的抗日歌曲,沉浸在深深的追忆中……

这是一个多么感人的场景!它发生在上海的基层,发生在抗战胜利

70 周年前夕。更感人的是，首先推动这件事的，是一位老人。今年 83 岁的顾延培先生，原南市区文化馆馆长，一个对老城厢历史有着深厚感情的人。正是他，多年来，殚精竭虑，整理史料，汇集成一份《抗日战争中的老西门》。

我由此联想起，生活中曾相遇的那些拥有历史情结的老人。

丁景唐先生，作家、出版家，今年 96 岁。记得当年拜访他时，他曾郑重地告诉我，绍兴路 7 号那栋老洋房，即上海文艺出版社所在地，当年曾是鲁迅先生与木刻版画青年见面的地方，也曾是《义勇军进行曲》诞生后首次交由群众排练合唱的地方。这是他多年研究考证的成果。可惜，那里未曾留下任何标示。

赵斌先生，驰名沪港的出版家，今年 68 岁，退休后喜欢寻访历史旧址。那一天，他专程寻访位于闸北区宝山路的东方图书馆旧址。1932 年"一二八"事变中，东方图书馆被日本侵略者炸毁，是令国人痛心疾首的重大事件。可惜，如今那里没有留下有关此事的痕迹。他将此事告诉我时，伴随着一声叹息。

汤进达先生，崇明岛上一位热心传承传统文化的老镇长，今年 68 岁。退休后，他专注于收集整理崇明岛抗日敌后武装的史料，寻访长者，查找档案，耗费整整一年多时间，完成了一份 14 万字的资料翔实的专题报告，陆续发表于《炎黄子孙》杂志，再现了崇明岛抗日武装的踪迹。

……

类似的老人,还有许多。他们都具有深深的历史情结。他们不是一般意义的怀旧,不是纠葛于人际恩怨、计较于一己荣辱,而是专注于国家史民族史地方史的某一篇章,为着弘扬民族大义,教育子孙后代,做历史资源的发掘者和记录者,做历史的见证人。他们是值得尊敬的人。在大力弘扬优秀传统文化的今天,尤其是在历史虚无主义依然风行,有人美化侵略强盗、抹黑抗日英雄的今天,我们的社会理应更加敬重这样的老人,把历史遗迹保护得更好,把“存史资政教化”的工作做得更好。

这,就是老西门的歌声让我联想到的。

(写于 2015.6.12　曾刊于《金色年代》)

寻访旧踪思绪长

上海是个藏龙卧虎的地方，各种名人故居、纪念馆、博物馆，散落各处，遍及全市。以前没怎么留意，退休后有了些闲工夫，便时常陪着母亲，走走看看，由此还引出了一些感悟。

就说说近期游览徐家汇的事吧。

那天首先游览的，是漕溪路上的电影博物馆。我们走过“星光大道”，“星耀苍穹”，“大师风采”，循着一个个展区，仿佛进入了水银灯下的百年上海。正当眼花缭乱之际，突然发现一个细节：橱窗里，陈列着张瑞芳遗存的笔记本，翻开的那一页，字体娟秀，笔迹清晰，记录的是丁锡满 1983 年的一次讲话。丁锡满，即作家“萧丁”，时任市委宣传部副部长。而张瑞芳，当时已是誉满天下的电影明星，上海市政协副主席，论名气，论官职，无疑都高于丁锡满。然而，她一字一句记下了丁锡满的讲话，随岁月流传至今。很快，我把这一细节告诉老丁，并陪他一起来看笔记本。目睹笔记，我们沉浸在深深的怀念中……

电影博物馆斜对面，是南丹路上的光启公园。走进公园，默诵石刻碑文，凝视雕塑人物，粗略了解了徐光启的一生。徐是明末科学家、农学家、政治家、军事家，中西科技交流先驱之一，业绩光耀史册，真是说不尽，道不完。然而，那一天，长久吸引我的，却是一个细节，那是已故历史学家朱维铮撰写的一段碑文。上云："先生毕生清正，晚居次辅，门庭冷落，非惟苞苴不入，乃至饔飧难继，在位病逝，仅遗旧衣数袭，可谓鞠躬尽瘁，廉愈诸葛，然贪腐已成国病，先生奈时运何?"碑文无声，却有振聋发聩之效。抚今思昔，联想近年时事变迁，令人痛感治疗"国病"的必要，为党中央反腐败的果断行动击节叫好！

循着华山路向北走，来到了钱学森图书馆。展览大厅里高高矗立的导弹，昭示了钱学森"导弹之父"的地位，揭示了他为"两弹一星"、"载人航天"事业所作的特殊贡献。然而，最令我难忘的，却是他晚年关注沙草产业的故事。早在上世纪60年代初参与导弹发射试验时，钱学森就设想用科学技术改造戈壁荒漠。进入晚年后，更是大力倡导沙草产业，勾画蓝图，振臂疾呼，为治沙种草投入了最后的心血。这一史实令我陷入了长久沉思。我联想起清代左宗棠，在取得西北战事胜利后，面对赤地千里，下令栽树，在一片贫瘠的土地上，开辟了"左公绿柳之路"。左公，钱老，何其相似乃尔！在以武力保卫祖国的同时，他们不约而同地关注生态，钟情于植树种草,致力于绿化大漠。这恐怕不是偶然的巧合。两位民族英雄,身处不同时代,却有着相通的心,那是中华先贤一脉相承的精忠报国之心啊。

无疑,徐家汇只是上海一角。上海还有多少这样的地方,在都市景象后保存着历史踪迹,保存着感人细节呢?有空的话,让我们走走看看,慢慢寻访,细细咀嚼吧。

(写于2015.7.13 曾刊于《金色年代》)

与字典相伴的老人

在我的脑海里，嵌印着三本字典。字典的主人，德高望重，博学多才，却始终以字典为师，与最普通的字典相伴终身。

巴金老人与世长辞后，我们前往吊唁。那是2005年10月20日夜，我们怀着崇敬的心情，捧着花篮，走进巴老家。偕行的出版社同仁是此间常客，而我则是第一次来到这里。那简陋的家具、朴素的陈设，令人肃然起敬。最令人难忘的，是书房里那狭小的书桌。书桌上摊放着纸笔，还有一本《现代汉语词典》。这是一本最常见的字典，陪伴巴金度过了漫长的岁月。据郝铭鉴说："巴老生前，遇到一时想不起来的字，总是会翻开词典，查清楚以后才肯落笔。《随想录》的手稿本，我至少读过三遍，几乎没发现什么错字，原因大概就在此吧。"我无缘在巴老生前见到老人家。然而，看着字典，眼前仿佛浮现出巴老伏案查阅的景象。

老艺术家袁雪芬的字典，我是在病房里见到的。袁老生前，我曾多次

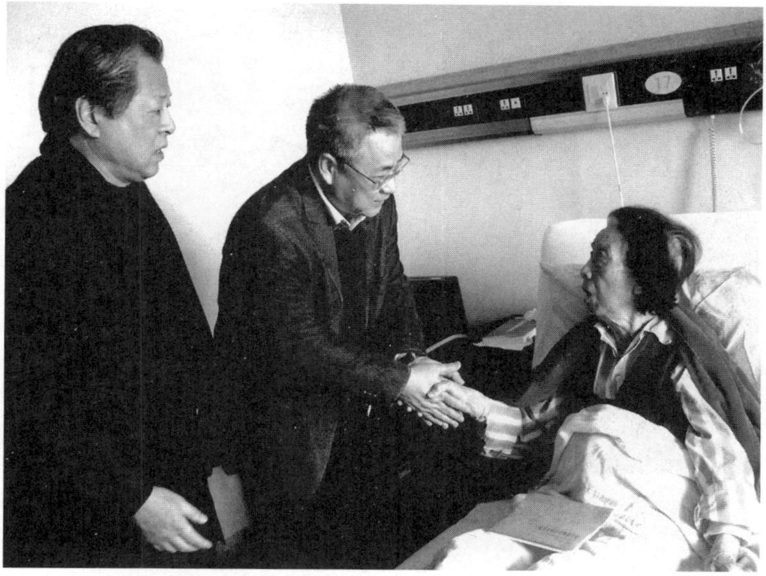
偕何麟探望袁雪芬老师

前往探望。每次见面，她谈艺术，谈人生，谈社会，总是侃侃而谈，思绪活跃。我们都知道她来自浙江嵊县乡村，儿时仅读过几年私塾，能成长为一个具有丰富学养的艺术家，多么不容易！无疑，一切来源于勤奋实践，刻苦学习。然而，真正震撼我的，是一个小小的细节。那是2010年秋的一天，听说袁老身体状况不好，我赶到医院探望，老人脸色枯黄，精神很差，给人以油尽灯枯的感觉。然而，病床小桌上，依然摆放着一张报纸，一本《新华字典》。我拿起字典翻看，字典是福建印制的，已陈旧破损。显然，此刻的袁老，已经进入生命的最后时刻，但她依然在读报，依然查阅着最普通的

探望汤晓丹老师

《新华字典》。在她心中,字典就是相伴终身的老师。

探望著名电影导演汤晓丹,是在2011年春的一个黄昏。走进病房,我们询问老人身体状况,欣赏老人的画作,还阅读了他的日记。老人告诉我们,他一天的生活很充实,上午学英语,背字典,下午听广播,写日记。这是一位百岁老人的生活内容吗?所有的人都吃了一惊。我问,您原先就有英语基础吧?老人回答,是啊,原先学过,后来丢了,现在要把它捞回来。一个"捞"字,引发一片笑声。汤老随即从枕边取出一本《英汉字典》,说:"我每天用中文写好日记,再翻译成英文,词汇不够用,必须苦苦思索,既回忆,又翻字典,有趣啊。"我留意看了一下,这是一本巴掌大的袖珍字典,字号很小，要借助放大镜才能阅读。正是它，天天陪伴汤老，直至102岁生命的终点。

自从进入退休生涯后，我不时会想起那三本字典。我铭记着文化老人孜孜不倦、一丝不苟的学习精神。同时，从他们身上感悟到，如果人生离不开学习，那么，也就离不开字典，因为字典是知识的海洋，是智慧的宝库，是无声的老师。

（写于2015.8.8　曾刊于《金色年代》）

一生做好一件事

初夏时节,我们参观了坐落于金山张堰镇的上海南社纪念馆。陪同我们参观的,是 89 岁高龄的姚昆田先生。

姚昆田出生于江南著名文化世家,现任上海文史馆馆员,上海南社学研究中心主任。他一生阅历丰富,其中,最令人难忘的,是他早年捐献古籍和晚年研究南社的事迹。

捐书一事起于新中国诞生之初。原来,姚氏家学渊源,南宋时迁居江南,定居于金山古镇张堰。姚昆田的父亲姚光继承祖风,藏书宏富,聚存古籍 10 万卷以上,为此花费了大量心血。新中国成立后,时年 22 岁的姚昆田,经与家人商议,上书陈毅市长,将父亲生前所保存的数万卷古籍藏书,全部捐献给国家。陈毅亲自回信表示感谢,并撰写一文,请著名书法家沈尹默先生书写,送给姚家作为永恒的纪念。当时,市文物管理委员会与姚家郑重签署了《金山姚氏捐赠所藏书约》,上海大小报纸均作报道,文化界前辈张元济、叶恭绰、柳诒征纷纷撰文写诗记叙此事。这一义举，在百废待兴的上海文化界起到了带头示范作用。姚家所捐古籍，在新建的上海图书馆得到妥善保存，发挥了重要作用。

与姚鲲田先生合影

弹指一挥间，60 多年过去。早年捐献古籍的姚昆田，如今已是耄耋老人。令人惊叹的是，他依然辛勤忙碌，致力于南社研究，为此贡献了精力，贡献了祖传老屋。

姚昆田对南社发生兴趣，最初是由于他父亲姚光的关系。南社是辛亥革命时期革命文学团体，姚光是南社负责人之一。随着研究深入，姚昆田愈益感到，南社是中国近代史上的一部大书。它是近代史上爱国知识分子最集中、成员职业面最广、参加人数最多的民间组织。它致力于弘扬中华优秀传统文化，吸取西方进步文化，促进社会革新，与同盟会是发动辛亥革命的一对犄角。这些敢为天下先的创举，影响巨大，意义深远，值得后人发掘和传承。他和海内外学者倡议发起南社学研究，历时近 30 年，终于使南社这个隐没多时的名字,重新出现在改革开放的新时代。多年来,南社纪念馆的建立,《南社丛书》的出版,《南社大辞典》的编撰,无不凝聚着姚昆田及其同道的心血。

尤其值得一提的是,南社纪念馆用房,利用了姚家在金山张堰镇的世袭老屋。史称姚光故居的老屋,曾是南社志士仁人会聚之地。姚昆田建议,可从老屋中腾出一大部分房屋修辟为南社纪念馆。此提议经市文管会批准后实施。于是,修旧如故,古为今用,古老建筑与历史文物相得益彰,大大强化了纪念馆的历史厚重感。纪念馆的建立,开辟了南社学研究基地,更为后人提供了生动感人的爱国主义教育基地。

人的一生,时间不多,精力也不多,要做好一件事实在不容易。从捐赠古籍,到研究南社,姚昆田以一生的精力,做着一件事,那就是保护和传承中华优秀传统文化。他认为,中国五千年的传统文化,由于汉字的特有功能而从未中断,更由于每一历史时期都涌现一批先进知识分子而绵延不绝。担负起传承文化的责任,给后人留下无可抹杀的历史光辉,就是研究南社的出发点。为此,89 岁的他,依然矢志不渝,甘于寂寞,顽强坚守。

(写于 2016.2.29　曾刊于《金色年代》)

养老院里丹桂香

很长一段时间里，提起养老院，我便想起陈老师那声声叹息。

老师是华东师范大学中文系教授，今年 83 岁，患小脑萎缩症，行动不便。常言道，屋漏偏逢连夜雨。短期内，他一家三口先后身患重病，无法自理生活，又找不到合适的护工。情急之下，去年 9 月，女儿陈婕做主，将老师送进了地处上海浦东康桥镇的养老院。

那是无奈之举。养老院离家 30 余公里。孤身一人住在空荡荡的地方，牵挂家人，倍感寂寞。其间，我去看老师，只见他愁眉不展、长吁短叹，令我也觉得心情沉重，不知如何安慰他才好。

然而，时隔一年，再到养老院看望他，情况变了。那是个秋高气爽的日子，养老院里，丹桂飘香。走进宽敞明亮的房间，老师正坐着吊针。原来，他患感冒咳嗽，挂上了盐水。尽管身体不适，精神却很不错，谈话间不时浮现笑容，再也听不到叹息声。身旁桌上放着个大棋盘，据说常常找人下棋。

偕司徒伟智看望陈孝全老师

门口放着轮椅车，天晴日下楼看风景，有时还到附近街镇走走，喜欢买点小吃，分送给医护人员和邻里老人。

老师告诉我们，进院一年来，他渐渐适应了这里的生活。这家养老院，是一所集养老、护理、保健、医疗为一体的机构。院里环境幽雅，设备齐全。老人平时有护工护理，医护人员 24 小时提供健康服务，令人安心。一年来，师母和女儿病情也渐趋稳定，时常来养老院看望老师，使他倍感温馨。

看得出，老师的精神状态有了极大变化。这一切，在陈婕开通的微信群也有显示。请看：“今去养老院看老头，护工说最近一个瞎老头一个聋老头常来找我家老头下棋，一下就是八盘。今天下午又和聋老头下棋，四局全胜。看照片，都说老头气定神闲，很有大帅风范！”

“刚和老头通电话，问他怎么样。他说，很好，学生都来看我，还带来好吃的。有酱鸭，糖藕，还有鲜肉月饼。在此谢谢各位！”

目睹老师一年间的变化，我着实感到欣慰。无疑，是养老院给困境中的老师全家带来了转机和生机。

我由此联想到老人如何养老的话题，它无疑已越来越具有现实意义。如果说陈老师进养老院是被动的，那么，如今，我也见到许多老人选择进养老院是主动的。他们或为寻找相处同伴，丰富晚年生活，或为求得护理照料，减轻子女负担，总之，甘愿在养老院完成一生最后的旅行。

时光荏苒，养老院问题对我们来说或许并不遥远。我们期待，国家加大对社会办养老服务机构的补贴，培养更多高素质的专业护理人员，兴办更多更好的养老院，让迟暮老人有一个颐养晚年的安身之地；也期待政府大力扶持社区养老模式，以专业化服务为居家老人免除后顾之忧，让社区养老变得切实可行。或许，对我们而言，随着时间的推移，进不进养老院养老，只是一个简单的选择题而已。

（写于 2016.6.12　曾刊于《金色年代》）

百岁老人寿筵记

2015 年 6 月 6 日，我出席了老友张攻非母亲何蕴之的百岁寿筵。席间洋溢的氛围、流传的故事，令我经久难忘。

寿筵上，洋溢着浓厚的文化氛围。主人事先声明：寿筵是俭朴的家宴，遵照母亲训诫，谢绝一切礼金礼物。席间，唯闻诗词传声，笔墨留痕，书籍飘香。有客人抑扬顿挫地献诗，有客人热情洋溢地挥毫，更有老人家亲自签名，向每人赠送一套《大师教语文》。这套书，系集叶圣陶、王力、吕叔湘等大师的讲义，张攻非主编，古朴高雅。只见老人签名，字字笔力刚劲；亲友领书，个个态度虔诚。

寿筵上，洋溢着浓郁的家庭亲情。老人家有五个子女，分别组成五个小家。席间，各家依次上前，向老人敬酒。儿女与妈妈紧紧拥抱，孙辈在老人脸颊留下印痕。束束鲜花表达敬意，杯杯红酒饱含真情。置身于四世同堂的幸福场景，老人精神矍铄，屡屡举杯，笑逐颜开。

那一天，老人家精神特别好。凡有敬酒者，她起立握手，含笑回应；赠送图书，观看书法表演，她久久站立，不显疲态；致辞时，话语清晰，充满激情。于是，百岁老人的健康，成了人们的热点话题。

百岁寿星何蕴之老人

的确，老人家的健康，已成为子女的骄傲。据张攻非披露，多年来老人屡创纪录：90 岁，她从北京到太原到上海到桂林几个子女家飞来飞去；95 岁体检，42 项指标全部合格；95 岁起，她学会用手机，发短信；还有一桩奇事，老人至今满嘴是真牙。

惊讶之余，人们自然探究老人健康的奥秘。子女把老人长寿之道，归结于其乐融融的家庭环境，归结于散步踏青的良好习惯，归结于文化生活的自然浸润，更归结于老人家开阔的襟怀，达观的心态。

值得一提的是，这种襟怀和心态，与跌宕起伏的人生经历有密切关系。老人是有着丰富经历的知识女性。她在辛亥革命后初开的社会风气中获得求学机会，和陈独秀的女儿是校友，在抗日妇女训练班中被宋美龄唤作“小妹妹”。她和丈夫为了周恩来的嘱托在国统区坚持创办进步刊物。她历经烽火连天的岁月，也曾在“文革”中遭受劫难。动乱中，她痛失丈夫，自己亦遭受迫害，绝望之际，四次企图自杀，终被抢救过来。绝境中，她遇到了患难与共的难友，得到了来自民间的帮助，也深入思考了人生。

改革开放后，丈夫冤案得到平反，老人迎来了安详幸福的晚年。她的心态日益开朗平和。70 年代末，乍暖还寒时节，我曾到北京北礼士路 54 号寓所看望老人，当时气候寒冷，居室狭窄，依然困难，老人却乐观开朗，侃侃而谈，给我留下极深印象。

如今，登临百岁高龄，老人仿佛越活越年轻。她乐呵呵地和邻里玩猜年龄的游戏，乐呵呵地“炫耀”自己的人生记录，从容地表述自己的幸福观：“家里没病人，牢里没犯人，生活就能幸福。”显然，其中饱含着历经沧桑后的人生大智慧。聆听这朴素的感言，我们倍感祖国命运与个人命运息息相关，倍感人生宝贵，弥足珍惜。活着，就要知足常乐，开开心心过好每一天。

（写于 2016.9.29　曾刊于《金色年代》）

寻找生活中的美

友人陆铁军，与我一样，年近古稀，却显得比我年轻得多。他的一大爱好，是有空时在街坊、社区、公园、茶馆等处闲逛，每每遇到令人心动的对象，便设法与人攀谈。在获得谈话对象允许后，打开手机，留下照片，然后配上文字，传给朋友，其中也包括我。几年下来，手机上渐渐积累了他的这类微信，竟有百条之多。作为他的忠实读者，我很仔细地阅读了这些照片和文字。时间愈久，我愈发感觉他在做一件有意思的事。

铁军微信的特点，是从不起眼的小事中，发现人性的美。他的镜头里，都是平凡的人，平凡的事。然而，平凡中闪耀着美丽的光芒。

他的镜头里，有自己熟识的人：经年累月读书写作的何纪华老师，年逾九旬，思路依然清晰，笔头依然勤快，终日在书山文海中长途跋涉，在世事纷繁市廛喧嚣时静心求知；退休后的同学唐宁，历时四年，采访 273 位亲历者，完成 568 页的新书《归去来兮》，记叙上海光学仪器厂职工意气风发地落户贵阳、援建潜艇望远镜工程的史实，奉献了一部沉甸甸的三线建设史。显然，在他看来，书斋里的老师是美丽的，为无名者立传的同窗是美丽的。

他的镜头里，更多的是素不相识的人。你看：在地铁站旁遇到须发皆白的老人，手里拿了一支大毛笔，蘸了水在地上写字，那字体颇有大家风范。不一会儿，水蒸发了，地面了无痕迹，老人依然一笔一画地写着。显然，老人追求的不是功名，而是写字带来的精神享受。你看：在居家附近的宜川公园，聆听老年合唱队歌唱。合唱队汇聚了数十名老人，已活动十多年。在回答为何唱歌时，大妈们朴实地说："出来唱唱身体好！"你看：在星巴克看书，见到一位快递员，戴着头盔和口罩，上穿红黑相间的风衣，下穿黑皮裤和长靴，透出英武之气。原来，小伙子来自河南，专为这家星巴克送货，并以此为自豪。说话间，业务来了，快递员骑上摩托车疾驶而去，他不禁赞叹"充满生命活力的骑手"！显然，在他看来，写字的老人是美丽的，唱歌的老人是美丽的，快递的骑手也是美丽的。

他喜欢把镜头对准看书的人。你看：图书馆里，埋头做作业的小女孩，抬头看杂志的老伯伯，一老一少在静静用功。你看：一位老先生套着颈骨固定支架，正有滋有味地看书。你看：图书馆尚未开门，台阶上已排起长队，令人想起80年代初图书馆门庭若市的情景。你看：书城大厅里，读者或席地而坐，或倚柱而立，沉浸在精神享受中。在他的镜头里，可以闻到一股书香，感受到一种向上的气息。显然，在他看来，爱书的人是美丽的。

他关注风云变幻之际的人。今年春节，疫情弥漫之际，他留下了这样的镜头：散步小区池边，见到一位老人，戴着口罩，拿着摄像机在选景拍摄。原来，老人要拍一张照片，留下冬日中蕴藏的春色。老人的心底，充满对春天的向往！他也记住了这样的细节：那天，妻子递给他一只小黄袋，里面装的都是西藏药材，散发出浓郁香味，据说具有杀菌作用。原来，这是2014年暑假期间赴藏旅游时西藏同窗送的礼品，没想到妻子收藏得这么好。他把小布袋小心翼翼地放入滑雪衫口袋，似乎带上了神奇而又难得的护身符！显然，在他心里，向往春天的老人是美丽的，关爱自己的妻子是美丽的……

是的，生活是平凡的。然而，平凡的生活中也可以发现人性的美丽，捕捉到感人的镜头。罗丹说过，艺术家欠缺的不是美的对象，而是能发现美的眼睛。具备了这样的眼睛，就能在平凡的生活中发现美。把它作为老年生活的一件乐事，何其好啊！善于发现美的人，一定会拥有美好的心情，也一定会增进身心的健康。或许，这正是铁军显得年轻的秘诀。正如他所说，“年华易逝，我们要珍爱正在变老的自己，保持年轻的心态，尽量做自己有兴趣的事！”

（写于2020.2.7）

在风雨无阻的队伍里

在我们城市的各个角落，有一个奇特的现象，也许人们已经熟视无睹，那就是每当下午三点过后，各类中小学校和幼儿园门口，会排起一支长长的队伍。那是等候接孩子放学回家的队伍。退休后，我负责接送孙女上小学，也加入了这支队伍。

这是一支风雨无阻的队伍。对排队者来说，接送孩子，是神圣的使命，是雷打不动的任务。校门紧紧关闭着，要到规定的那一刻才隆重开启。人们总是提早在那里排队，生怕耽误了接送孩子。晴天，人们顶着太阳，在队伍中悄悄地聊天，静静地沉思。雨中，人们照例排队，打着雨伞，披着雨衣，不管是蒙蒙细雨，还是滂沱大雨。

这是一支以老年人为主体的队伍。白发苍苍是其主要特征。队伍中谈论最多的是孩子。孩子的成绩起伏、课余兴趣、衣着厚薄，是此时常见的话题。感叹孙辈辛苦，则是老人谈论的永恒主题。等到校门打开，常会见到这样的景象：老人急切地寻找孩子，见到孩子后禁不住泛出笑容。一片叽叽喳喳的招呼声中，听到最多的是"饿了么"，见到最多的是老人从孩子身上解下沉重的书包，背到自己身上。

这是一支由各方人士组成的队伍。队伍里可以听到五湖四海的方言，偶尔也会遇到熟人。有退休工人、官员、教授、编审，乃至退役将军。他们或许是昔日的重要人物，如今却湮没在长长的人流里，心甘情愿服务孙辈。正如一位将军自嘲，一辈子阅读《孙子兵法》，当年研究兵法，如今服务孙子。是的，人的一生就是这样，职业成就再大，也要回归民间；人都有一颗舐犊之心，尤其有一种隔代亲情。人同此心，都是一样的。

置身于这支队伍，我的思绪会越过高墙，飞向教室，飞向操场，设想着可能遇到的新情况新问题。倘若孩子履行"课代表"职责，要协助老师收齐全班的作业本，我会在教室外耐心等待；倘若孩子参加校运动队训练延时，我会悄然无声，在一旁静静观看；倘若轮到孩子做值日生，我会助一臂之力，混迹于一群孩子，扫地，擦桌子，一丝不苟，仿佛回到了学生时代。

置身于这支队伍，我要备好零钱。孙女放学后，喜欢购买文具，购买食品，我要随时付款。为此，文具店老板见到我总是笑眯眯的。为此，我也吃过交通罚单。那天驾车途经摊点，孙女说想吃葱油饼。我仿佛听到指令，立刻靠边停车，排队花 3 元钱买了两只葱油饼。孙女吃着香喷喷热乎乎的葱油饼，高兴啊！没想到，我擅自停车的一举一动被电子警察拍得清清楚楚,一张200元罚款单尾随而至。我对孙女说,203元,你吃了两只高价葱油饼!

风雨无阻五年间。置身于校门口这支队伍,我有很多感慨。接送孩子,大概是天底下最平凡的举动,却闪耀着中华民族美好心灵的光芒!有时,我会浮想联翩,遥想起大洋彼岸的另一支队伍。在那里,不也有一批批来自中国的老人,听从子女呼唤,不远万里,漂洋过海,帮着照看孙辈吗?他们恪尽职守,含辛茹苦,严格实行爷爷奶奶、外公外婆半年轮岗制。这样的队伍,倘若集合起来,不是可与我们这支队伍相媲美吗?传承了五千年传统的中华民族,确实有着最善良的基因。

风雨无阻五年间。如今,孙女"小荷才露尖尖角",正继续向着品学兼优的目标迈进,而年近古稀的我,已完成接送孙女的任务,不再置身于校门口的队伍中。但我依然怀念那些风雨无阻的日子,怀念置身那支队伍时所感受到的一切。

(写于2020.3.18　曾刊于《上海法治报》)

第五辑　旅途见闻

难忘海外歌声

几个朋友在一起,聊起在海外唱歌的故事。

老张说,最难忘那年 10 月 1 日,在驶往丹麦哥本哈根的旅游巴士上,导游组织游客在旅途中表演节目。他唱了一首《今天是你的生日我的中国》,当时居然激动得热泪盈眶。他的体会是,在远离祖国的地方思念祖国,感情最真挚,最强烈。

老陆说,最难忘那年秋天在新加坡,和几位华裔朋友共进晚餐。一位号称酒仙的朋友和他相约,陆唱一首歌,他喝一杯酒。于是,老陆拿着话筒,对着屏幕,老调新曲,一首首地唱;那位朋友也就频频举杯,一杯杯地喝。最后,酒仙酩酊大醉,而老陆的歌声还在飞扬。"用歌声打败了酒仙",是他最得意的。

小周说,最难忘那年冬天,他在日本企业打工,受了老板不少气,一次公司联欢会上,他自告奋勇上去表演节目,唱了一首自小学会的军旅歌曲

《我是一个兵》。当他唱到“打败了日本狗强盗”时，不懂歌词内容的日本人还热烈鼓掌，他顿时觉得回肠荡气，痛快极了。

一圈过来，轮到老李了。老李语出惊人，居然讲了一个在克里姆林宫唱歌的故事。

“那是2001年夏天，我随团访问俄罗斯，在参观红场、列宁墓后，来到了克里姆林宫。克里姆林宫号称世界第八奇景，由围墙、钟楼、宫殿组成美丽的建筑群。那天，我们参观完正打算离去，偏偏天公不作美，哗啦啦地下起了大雨，我们只好留在克里姆林宫大院里。据导游说，这里离普京的办公室只有一箭之遥。

“一个小时过去了，雨势仍没有减弱的样子。大家等得无聊，有人想起我是学音乐的，就鼓动我唱个歌。我也不推辞，唱起了俄罗斯民歌《三套车》。这熟悉动人的旋律引起了同游者的共鸣，大家也跟着哼唱起来。一曲终了，掌声四起，不少围观者热情地叫着，好极了，再来一个。我像个大明星一样，鞠躬致谢，又唱了一曲中国四川民歌《抓螃蟹》，同样也获得了阵阵喝彩声。”

老李讲到这里，有人鼓动他再唱一遍《抓螃蟹》。他便站起来，清清嗓子，用四川方言唱起了这首歌：“丰收年哪螃蟹多，两个大爪八个小脚脚，横呀横起爬，哎，背个硬壳壳……”一曲终了，有人打趣道，“老李，你的歌声，不知普京听到没有？”

（写于2012.6.8　曾刊于《金色年代》）

印度导游拉江

拉江，是全程陪同我们访问印度的导游，印度美术院的一个工作人员。他年约四十，络腮胡子，敞开胸膛时，露出浓浓的卷曲的胸毛。濮存昕跟他开玩笑说，在中文里，拉江的谐音是“辣酱”，以后我们一吃辣酱就想起了拉江。

拉江是个极具个性的人。他出身于一个矿业主家庭，从小喜欢表演，拍过电影电视剧，向往成为一个宝莱坞（注）演员。不幸的是，20 多岁那年，由于遭遇一场车祸，右腿受了重伤，致使理想遭受打击。然而，他依然憧憬有一天插上翅膀，重新飞向宝莱坞。每到一地，总爱摆出各种姿势让别人拍照，到了车上，总是不断翻看手机上的照片，不断展示给我们看。我们说，啊，你真酷。他便高兴得哈哈大笑，露出洁白的牙齿。

拉江信奉印度教，崇拜萨依巴巴神。有一次，他把神的教导复述给我们听。比如，神说，早飞的鸟不会饿肚子，懒惰教人蠢，勤劳使人赢。又如，

与冯远先生合影

神说，如果对家人和朋友不好，钱堆成小山也没有用；只要对家人和朋友好，睡在荒山野岭也幸福。再如，神说，蚂蚁钻进耳朵不要慌乱，毒蛇咬了身体不要紧张，一切皆是命中注定，神会帮助你。

拉江爱喝啤酒，也爱交女朋友。他相貌堂堂，活泼开朗，是女孩子的"开心果"。他自称有过很多女朋友，而且，不乏得意地告诉我们，自己举办婚礼那天，来宾中有九个前女友，其中三个当场号啕大哭。

他在途中不断用手机创作新作品，并喜欢念给我们听。一次，他写了这样一首诗，歌颂友谊，并把它献给中国朋友。诗的大意是："当我痛苦的时候，朋友是我的止痛片；当我流泪的时候，朋友是我的手帕；当我伤心的时候，朋友送来微笑；当我临终的时候，朋友给我安慰。"

拉江爱做善事。他说，每年过生日的时候，都要请穷人吃饭，在他家的大院里，请来一批又一批穷人，先后会有五千余人免费吃一顿大餐。他的妻子则教穷人的孩子学弹琴，学音乐，也是免费的。我们竖起拇指称赞他积善积德。他说，这全是萨依巴巴让他做的。

拉江自我感觉极好。一天，我们乘船行驶在孟买附近海面上，冯远在轮船甲板上为他画了一张肖像，惟妙惟肖地表现了他的特征。冯远是中国当代著名画家，中国美术家协会副主席，中国文学艺术界联合会副主席。旁人对拉江说，知道吗？给您绘画的人，是中国最杰出的画家之一。拉江回答说，当然。可您也要知道，被他画的人是谁？那是印度最杰出的男人之一。

与拉江相处，使我们结识了一个极具个性的印度朋友，也感受到在印度人心目中宗教有着强大的力量。

（注：宝莱坞，位于印度孟买的电影产业基地。）

（写于2014.1.12）

祖孙同赏山河美

偕孙女游览大好河山，是退休后一大乐事。数年间，由于儿子云帆精心安排，我们带着孙女，先后游览了青岛、烟台、成都、厦门、哈尔滨等地。

旅游，使我们欣赏到壮美的自然景观。青岛观海，唯见碧水蓝天，烟波

冰城哈尔滨

静谧的湖边

浩淼，帆影点点。青城山观山，唯见群峰环绕起伏，林木葱茏幽翠，古建筑各具特色，名人诗画词赋处处可见。

最难忘隆冬季节，我们来到冰城哈尔滨。那里的冰雕可谓世界之最。六岁的孙女如此记述："哈尔滨到处是冰天雪地，中央大道两侧都是冰雕，有的像玉兔，有的像奔马，有的像胖娃娃，漂亮极了。冰雪大世界是冰雕集中的地方，在灯光照耀下，五颜六色的冰雕，有的像罗马斗兽场，有的像教堂，有的像大佛，真是太美了。我在冰上滑行，还坐上了雪地里奔跑的马车，高兴极了 ……"

旅游,使我们走进了人生大课堂。在烟台栖霞,我们瞻仰英灵山烈士陵园,向巍巍青山中安葬着的抗日烈士致敬。在厦门,我们坐船遥望金门、大担岛,遥想当年炮火连天的场面,为两岸和平祖国统一祈祷。在青城山,我们为环境的洁净而感慨。丹梯千级,曲径通幽,偌大的景区,居然洁净如洗,我们见到了最讲认真的民族精神。

最难忘坐落于鼓浪屿的钢琴博物馆。面积仅 1.78 平方公里的鼓浪屿,建有中国唯一的钢琴博物馆,展出的是旅居澳大利亚的华人胡友义先生毕生收藏的 98 台钢琴。一个炎黄子孙,在海外苦苦奋斗一生,最后只做

险峻的冰原

壮观的瀑布

一件事,倾其所有,收藏钢琴,献给祖国,献给故乡。这是多么伟大的精神!作为一个文化传承者,他的名字应该进入中华民族的名人堂。

旅游,使我们开阔了眼界,增长了见识。在张裕葡萄酒博物馆,我们在堆放着巨大酒桶的地库里穿行,了解葡萄酒酿制的全过程。在成都大熊猫基地,我们近距离观察熊猫的生活,见识了大熊猫与人和谐相处的情景。

最难忘旅途中经历的惊险时刻。那是2013年4月20日晨,我们住在青城山附近一家宾馆,正准备下楼早餐,忽然感到房屋震颤,门窗发出剧烈的撞击声,房门传来“嘭嘭嘭嘭”的声响,似乎有强盗在疯狂地捶门。短短数秒后,走廊里传来“地震了”的呼喊声,传来混乱的脚步声。我们急忙随着人流沿楼梯下楼,来到一片空旷的平地上。事后获悉,那天早晨8时零2分,雅安市芦山县发生了7.0级地震,震中离我们所在地仅百余里。那一天,我们如此真切地领略到地震的威力,体会到人类的渺小。

数年间,祖孙相随,择地游历,给我们留下了难忘的记忆。尽管由于年龄差异,感悟不尽相同,但是,美的感受是共同的。匆匆的步履中,我们感受自然美,人生美,感受到一种快乐和幸福。

祖孙同赏山河美,真的很美!

(写于2014.12.23　曾刊于《金色年代》)

重访宝翠花园

盛夏时节，来到温哥华维多利亚岛，寻访一个曾深深牵动我情怀的地方，那就是宝翠花园（Butchart Gardens，也称布查特花园）。

15年前，我第一次来到这里，就曾被它的美丽深深打动。这是个极其

宝翠花园一景

罕见的鲜花世界。花园的中心似乎是个盆地。在盆地的每一寸土地上，凡是人的目光所及，到处开放着色彩斑斓千姿百态的鲜花。毫不夸张地说，这里集中了全世界鲜花的精粹，每一朵花都是亮丽的。整个花园，无论从哪个角度望过去，都是一幅色彩艳丽的图画。

更令人震撼的，是关于花园的故事。原来，这里曾是个石灰岩矿，一代代人在此开采石灰岩并将其制作成水泥。后来，矿藏资源渐渐枯竭了，人们准备撤离。不料，老矿长作出了惊人决定：在废墟上栽种鲜花，建设花园。他率众在废矿上栽种了第一批鲜花。随后，儿子、孙子秉承遗志，延续了创造万紫千红的事业。三代人苦苦奋斗，实现了变矿山为花园的梦想，造就了一个仙境般的景观。此刻，老矿长的孙子作出决定：将花园无偿捐献给公众。

15 年过去了，今日重访花园，我依然被深深地感动着。

花园的景色依然美丽。白天，各色各样的鲜花，纵横交错，无边无际，令人觉得置身于鲜花的拥抱中。入夜，花园里举行音乐焰火晚会，绒毯般的草地上坐满游客，绚丽的焰火伴随着音乐声腾空而起。夜空中盛开的礼花，与漫山遍野的鲜花相辉映。那是多么壮美的景象啊。据介绍，夏季，这样的晚会每周举行一次……

花园的管理依然严谨。白天，在一个园区，我们看到每株花前竖立着牌子，标示着花名、出产国、引进年份。一位花匠正聚精会神地修剪鲜花，眼看他剪下的花朵依然美丽，妻子试图索要一朵，却被他微笑着拒绝了，他说这是规定，过时的鲜花必须舍弃。入夜，焰火晚会散场时，人流如潮，却井然有序，每一个路口，都站立着挥舞着荧光棒的志愿者……

更令人感动的是，鲜花丛中，依然静卧着泛黄的老照片。

哦，这是老矿山的照片，它竖立在鲜花盛开的山路旁，再现了当年矿山的情景：山石嶙峋 ，灰沙弥漫，尘土飞扬，烟囱耸立，噪声鼎沸。它告诉走过这里的每一个人：如今闻名于世的美丽花园，当年曾是怎样一种灰蒙蒙雾茫茫的景象。

哦,那是老矿长夫妇的照片,它拍摄于 1920 年,如今依然陈列于一间小木屋的橱窗里。照片上,风度优雅的老人和他仪态万方的妻子,正默默地注视着前方,似乎注视着从鲜花丛中走过的人们,分享着他们的欢乐。

那一天,我在鲜花盛开的景色中久久沉醉,在老照片前不忍离去,胸中充满对老矿长三代人的赞佩之情。他们创造美丽而后奉献社会,把有限的生命融入了后人的幸福之中。他们是崇高的值得敬仰的人。

我也深深钦佩花园事业的后续者。他们默默无闻,年复一年,日复一日,守护着前辈遗留的事业,传承着前辈遗留的精神,让宝翠花园依然放射美丽的光芒,让历经百年的老照片依然矗立在鲜花丛中,矗立在一代代后人心中。这种守护和珍爱,不也同样宝贵吗?

(写于 2015.9.14　曾刊于《金色年代》)

飞越加拿大

盛夏时节，我偕家人来到加拿大旅游。踏上彼岸，首先观看了一部4D纪录片《飞越加拿大》。短短20分钟的影片，引领我们浏览了整个加拿大：晶莹洁白的冰雪世界、莽莽苍苍的原始森林、波涛汹涌的大海、惊涛连天的瀑布、神奇闪现的极光……不断变幻的场景，使我们仿佛翱翔于广阔的天空，饱览了美丽的风光。

看完影片，开始了真正的飞越之旅。整整16天，历经温哥华、班夫、渥太华、多伦多，从自然风光到人文景观，给我们留下难忘的印象。自然，一切比影片更真切，更感人。

限于篇幅，且撷取几个片断吧。

——在维多利亚港乘坐水上飞机，俯瞰城市全景。随着飞机在空中盘旋，我们时而鸟瞰海面，唯见白云漂浮，浪花起伏，海鸟飞翔；时而鸟瞰大地，唯见一片片墨绿色的森林，一片片浅绿色的草地，彼此间隔，愈显郁郁

偕家人游览加拿大路易斯湖

葱葱。

——搭乘游轮，前往圣胡安岛附近海面观鲸。船驶近海岛，渐渐放慢速度，鲸鱼出没的神奇景象顿时呈现在眼前。放眼望去，唯见前方海域，鲸鱼时而露出脑袋，时而翘起尾巴，时而独自浮现，时而三五成群。船员介绍，这一海域的鲸群由 81 头鲸鱼组成，由母鲸带领，每年 4 月至 8 月出没其间。

——来到班夫国家公园，登高观赏坐落于落基山脉的硫黄山。随缆车来到海拔 2281 米的平台小店，步行至海拔 2400 米左右的山顶。极目四周，只见蓝天白云下，到处是连绵不绝的山峰、遍布山峦的森林。眼前，一只只小松鼠在岩石间奔来跳去，有的还直起身子，仿佛在向游人致意。

——泛舟于神秘的路易斯湖。这是冰原峡谷中的一片平湖，由冰山上融化的雪水汇聚而成。湖的三面由山体包围，陡峭的山体如刀削斧砍，异常险峻。湖水呈现翡翠色，在夕阳照耀下波光粼粼。蓝天白云，皑皑白雪，褐色山体，碧绿平湖，融为一体，组成一幅极为壮观的图像。

——踏勘贾斯伯国家公园冰原。冰原地处海拔 3456 米，终年覆盖着厚厚的冰雪。我们乘坐由特大轮胎装备的巴士，沿着陡峭的山路，匍匐着爬上冰原。置身于漫山遍野洁白晶莹的冰雪，顿觉阳光耀眼，寒气逼人。脚下，一股股冰雪融化的溪水，奔涌着向山下流去。舀一口冰水含在嘴里，只觉得寒气透骨。

……

不用说，加拿大的湖光山色是美丽的。而同样令人感慨的，是人的精神，是那种对生态环境保护殚精竭虑、近于严苛的态度。在班夫国家公园，我们注意到有这样的规定，游客不得为动物喂食，以免破坏动物食物习惯招致可能的恶果，喂食松鼠一次罚款 3000 加元，喂食熊一次罚款 25000 加元。可想而知，在保护环境方面，此地法制极其严格。而人们自觉遵守规则的态度，同样值得我们关注和尊敬。比如，在所有的旅游景点，看不到随意扔下的纸张塑料袋瓶瓶罐罐之类废物，确实令人叹为观止。

飞越加拿大，使我联想到中国。无疑，在保护生态环境、提高人的素养等方面，加拿大有许多值得我们学习借鉴的地方。建设山清水秀的美丽中国，我们要倍加努力。

（写于 2015.10.14　曾刊于《金色年代》）

普吉岛印象

今年春节前夕,我偕家人游览了泰国著名的旅游胜地普吉岛。

此刻,北半球正值冬季,寒潮肆虐,风雪交加。而这里呈现的,却是一派盛夏景象。只见来自世界各国的游客熙熙攘攘,络绎不绝。老老少少穿着各色泳装,走在大街上,躺在沙滩上,尽情享受着温暖的阳光。

这里最动人的景象,无疑是大海和蓝天。临窗眺望海水,只见大海波澜壮阔,一望无际。海水由近及远,呈现绿色、淡蓝色、深蓝色三种颜色,仿佛构成三条水带。蔚蓝色的天空中,飘浮着朵朵白云,与海水互相辉映。极目望去,令人心旷神怡。波光粼粼的大海中,有人挥臂畅游,有人驾驶飞艇,有人划船而行,星星点点地散布着,移动着,形成一幅充满动感的图画。

这里的自然条件,显然是得天独厚的。除了阳光空气,蓝天大海,还有品种丰富的水果,四季盛开的植物,高大挺拔的树木,构成一幅南国海滨特有的生机勃勃的景象。这里的鸟,似乎特别勤劳。各式各样的鸟,在地上,在树枝上，在岩石上，栖息着，跳跃着，发出叽叽喳喳的叫声。清晨，人们还在睡梦中，清脆的鸟鸣声已经在窗外响起。

海岛风光

作为旅游胜地，这里的文化也是颇具特色的。餐厅里，古朴悠扬的佛教音乐，香味扑鼻的泰国食物，彬彬有礼的微笑服务，给人留下深刻的印象。入夜，满街灯光闪耀，商店照常营业。沿街食铺里坐满食客，海鲜烧烤的气味在空中飘浮，歌声爵士乐声在人们耳边回响，以人妖歌舞表演闻名的剧场演出招徕了四方游客……

然而，繁荣景象后面，也存有种种缺憾。比如，这里的道路是狭窄的。有些路段，人行道与车行道混为一体。车辆飞驰，行人只得小心翼翼地避让，难免产生惶惶不安的感觉。比如，沿着海边散步，身边的小河是肮脏的，河水干涸，垃圾飘浮，与蓝天白云的景观形成对比。脚下的道路也是肮脏的，处处可见树叶、纸盒、塑料袋，风吹起，垃圾随风行走，看来好久无人清扫了。

一个世界闻名的旅游景点，存在这些明显不足，不由得令人生发感叹。无疑，得天独厚的自然景观，须与完善的公共设施建设和管理相匹配。倘若不相匹配，那么难免使人感到遗憾。是的，游客喜欢原生态的旅游环境，但是，这种原生态，并非是肮脏混乱危险的同义词。作为行色匆匆的旅游者，我自然无从深入考察当地社会管理状况，只能从社会表象中窥视点滴，发一点美中不足的感慨。

从普吉岛归来，联想中国。无疑，在旅游资源开发过程中，我们应更加注重公共设施建设和管理，既保护好天蓝、地绿、水清的自然环境，又营造一个安全、文明、洁净的人文环境。

（写于2016.3.14）

圣彼得堡遇窃记

2007 年秋天，我们来到俄罗斯第二大城市圣彼得堡。这座城市，拥有多所高校、科研机构、图书馆，而且还拥有 260 家博物馆，包括世界四大博物馆之一的冬宫在内。无疑，它是俄罗斯文明荟萃的地方，是一个值得仰慕的城市。

然而，在那里，我们也有不愉快的遭遇，那就是窃贼的光顾。

赴圣彼得堡途中，俄罗斯籍导游再三叮嘱大家，这里小偷很多，要当心。旅途中的我们并未在意。

傍晚，我们住进波罗的海大酒店，这是一家四星级酒店。令人印象深刻的是：进入酒店后，在长长的走廊里，隔一段路，拐一个弯，都要刷卡才能开门通行。这在别处是很少遇到的。我想，有如此严密的防范措施，这里理应很安全吧？

我和著名书画家卢辅圣住同一间房。晚上洗漱、聊天后，各自进入了

卢辅圣先生

梦乡。睡到夜半，我忽然醒来，转头一看，卢辅圣正坐在床上，呆呆地正视着前方。我问：“怎么了？你不睡？”这时，只听得卢辅圣慢悠悠地一字一顿地说：“刚才，小偷来过了。”

在这宁静的深夜，他的声音如此低沉、镇静，顿时令我大吃一惊，忙问他怎么回事。

他依然慢悠悠地说，刚才，他起身上洗手间，发现原来放在旅行箱上的小包不见了。到洗手间一看，在门后发现了小包，里面证件俱在，只是现金不翼而飞，一架全自动照相机也不见了。

他让我赶紧检查一下自己的东西。我起身看了看放在靠窗沙发上的外套，发现内袋里的钱包不见了，满屋子寻找的结果，终于在近门口一个角落发现了钱包，同样，里面证件不缺，只是现金被掏光了。

事实证明，刚才小偷确实来过了，他进入了我们的房间，掏走了我们的现金和相机，同时他不想妨碍我们继续赶路，完整地留下了我们的证件。而在他光顾的那一刻，我们睡得如此深沉，竟然毫无察觉。想到这一点，我们简直不寒而栗。我们难以想象，窃贼是一个人，还是两个人？是壮汉，还是瘦子？我们更难以想象，当时如果我们醒着，究竟会发生什么？

于是，我们起床，到隔壁叫醒余震琪、陈鸣华，他们是我们一行中懂英语的两位。我们一起来到服务台。嘀嘀咕咕沟通了好久，得到的回答是：保卫部的人回家了，明天九点上班后再来吧。要不，你们报警吧。

于是，我们只得灰溜溜地回到了房间，再也睡不着了，躺着说话。卢辅圣说，他损失的钱，相当于人民币 15000 多元。因为临行时，妻子让他多带点钱，多买点东西，想不到今天全送给小偷了。我说，我损失比你少些，大约是人民币 5000 元。我说，你是画家，回去画幅画，就把损失补回来了。别忘了，你的画里，添两只小鸟，那两只小鸟所得算我的。两人哈哈一笑，顿时忘记了刚刚经历的小偷光顾带来的惊吓和不快。

（写于 2016.11.23　曾刊于《新民晚报》）

那片山水间的传说

今年春节前夕，我偕家人来到新西兰旅游。那是一片美丽的土地。从南岛到北岛，库克海峡两岸，那一座座白雪覆盖的山峰、一片片郁郁葱葱的森林、一个个碧波荡漾的湖泊、一个个辽阔无垠的牧场，交织出一幅迷人的图画。蓝天下，海水展现出波浪卷雪的美景；公路旁，成群的奶牛和绵羊漫步在翠绿的草场上……

我为新西兰的美丽风光所陶醉，也对那片山水间的传说留下了深刻印象。

那传说，镌刻在海滩的岩石上。那一天，在密密的细雨中，我们寻访了南岛的著名景点摩拉基圆石海滩。放眼望去，五十余枚圆球，静静地散落在海滩上。那圆球，仿佛历经鬼斧神工，形如巨型石蛋。无论岁月如何侵蚀，大多保持着完整的圆球状。也有几颗自然开裂的，露出岩石内部的网状结构，呈现出褐、青、黄等各种颜色。好奇的游客不禁要问：巨型圆石从何而来？传说是多样的。有的说，这是6500万年前从天而降的陨石；有的说，这是由海底生物与沉积泥日积月累形成的礁石；而据毛利人说，这圆石是千年前航海大战中被击沉的一艘战船里滚出来的瓜果。它们静静地躺在海滩上，默默诉说着远古时代的故事。

那传说，镌刻在雪山下的纪念碑上。新西兰南岛有南阿尔卑斯山，连绵的山峰终年积雪。白雪皑皑、一望无际的雪山，在蓝天白云的映照下，显得格外壮观。那一天，我们攀登雪山，看到山下用岩石垒起的纪念碑，碑上镶嵌着开拓者使用的铁镐。我们来到雪山下的酒店，看到屋梁上展示着当年开拓者使用的雪橇，看到墙上悬挂着一张张泛黄的老照片。照片上，那百余年前的拓荒者个个显得英姿勃勃。默默地凝视这一切，我们从内心涌动起敬意——一种对开拓者、奉献者的敬意。

那传说，也留存在新西兰人的言语中。那一天，我们游览阿卡罗阿海湾，坐游艇颠簸在海上。船长是个饱经风霜的老水手，边驾驶游艇，边介绍景点。哦，这是劈波斩浪、驰骋海疆的大游轮，这是著名的三文鱼养殖基地，这是英国伊丽莎白女王1964年下榻的海景酒店，这是二战时期的日本兵营和日军制造水雷的工厂旧址……哦，听到这里，我顿时有点震惊。我没想到，当年的日本侵略者居然把手伸到了这么遥远的地方；也没想到，在这片和平美丽的景象中，新西兰人还保存了这样的历史遗迹。远远望去，灰蒙蒙的两排旧平房，苍白、丑陋，和蓝天白云下的美景相比，显得多么不协调。然而,这就是历史。历史的印迹是不能任意抹去的。

离开新西兰那天,我怀着依依惜别的心情,从飞机上久久俯视着这片国土。多美的国家啊！作为一个游客,我喜爱这里的青山绿水,也久久地回味着那青山绿水间的传说。

（写于 2017.3.4　曾刊于《新民晚报》）

夜迎蓝企鹅归巢

傍晚,我们来到新西兰南岛的奥马鲁小镇。儿子神秘兮兮地告诉我们,今晚我们将参加一个活动。什么活动？他没说。

夜幕渐渐降临,我们来到奥马鲁附近一处海湾。海湾两侧,用木头搭着观景台。登上观景台眺望前方,只见巨石耸立,惊涛拍岸,石崖上躺着 7 只海豹。海豹们懒懒地平卧着,偶尔翻个身,发出一声吼叫。于是,我们猜测:今晚,是看海豹表演吧？岂料,没多久,海豹一个个直起身,跳下石崖,伸伸懒腰,朝前游去,一声不吭地回归大海啦。整个海湾,只剩 3 只海豹还懒懒地躺着。

正在这时,解说员手持话筒出场了。她告诉观众,今晚,我们将在这里迎接蓝企鹅归巢。据介绍,海湾曾是采石场,1992 年改建为蓝企鹅保护中心。蓝企鹅是地球上的珍稀动物,繁衍后第一年的存活率仅 30%,第二年的存活率也只有 70%,目前地球上蓝企鹅的数量正不断减少。设立蓝企鹅保护中心以来20多年间，这里聚集了一批科研人员，陆续搭建了350多个小木屋，收养了500多只蓝企鹅，已成为远近闻名的蓝企鹅家园。

解说员还介绍了蓝企鹅的特点。蓝企鹅是鸟类，一身蓝羽毛、白肚皮，不仅可爱，而且勤劳。它们清晨离巢，成群结队地游向大海捕食，夜间沿原路归巢，一天的游程长达50多公里，超过一个马拉松的长度。天天如此，形成规律。因此，夜迎蓝企鹅归巢，已成为此地一个难得的景观。

说到这里，解说员告诫游客，蓝企鹅是世界上体型最小的企鹅，胆子很小，怕受惊吓。为了不影响它们的生活，游客只能坐在指定位置上观看，不能站起，更不能拍照，因为任何闪光会使企鹅受到惊吓。此刻，温和的新西兰人似乎变得异常严厉。

夜幕笼罩着海湾，唯有四端竖立的路灯发出橙黄色的光芒。据说，这种色谱的光线，是蓝企鹅的盲区，不会对蓝企鹅产生刺激。所有的 游客屏声静息地注视着海湾，生怕惊扰了即将登陆的蓝企鹅。

夜九时，首批企鹅登陆的预期时间到了。在橙黄色光芒照耀下，蓝企鹅如约出现。那些可爱的小精灵，身高仅有30厘米。它们从海滩登陆后，顺着岩石往上爬，快到地面时停下来，等待后面的伙伴。等聚集到10只左右时，立即以极快的速度，摇摇晃晃冲上沙滩，直奔小巢。我们用目光迎送这批小精灵，默默地为它们数数。第一批11只，第二批25只……

这是令人难忘的一幕：蓝企鹅每一次上岸，都是聚集成群，然后快速前进。这是因为,从海岸到小巢,是一段危险的历程,身处开阔地带,容易受到攻击。蓝企鹅那匆匆忙忙的模样,显示出它们多么害怕受到无辜的伤害。

同样令人难忘的是:观景台上,游客悄然而坐,没有人大声说话,没有人拍照,静静地迎接蓝企鹅回到自己的家。在这里,每个人都营造着与动物和谐相处的氛围,动物受到了应有的尊重和保护。那种静谧的氛围,是多么神圣而宝贵。

(写于 2017.3.4　曾刊于《新民晚报》)

日本京都印象

正逢中秋佳节，全家背起行装，到日本京都游览了三天。

京都作为日本的国都的历史长达1075年，享有“千年古都”之称，至今仍是举行天皇登基等大典的地方。它是全国的佛教中心和神道教圣地，拥有各种历史遗址和古代建筑，迄今尚存有1877个寺院和神社，完整地保存了千余年来的历史文化遗产。

匆匆旅途中，我们参观了堪称京都精华的四处景点：著名的金阁寺，以供奉着释迦牟尼佛骨舍利而闻名于世，1994年被列为世界文化遗产；京都御所，日本天皇的居所和举行仪式的场所，几经战乱和火灾，于1855年在废墟上重建；音羽山清水寺，京都最古老的寺院，国宝级建筑之一，1994年被列为世界文化遗产，到清水寺那天，我们恰好观赏到寺院完整的祭拜仪式；伏见稻荷大社，京都最古老的神社之一，供奉的是保佑五谷丰登的神明，以各式各样的狐狸石像为特色。

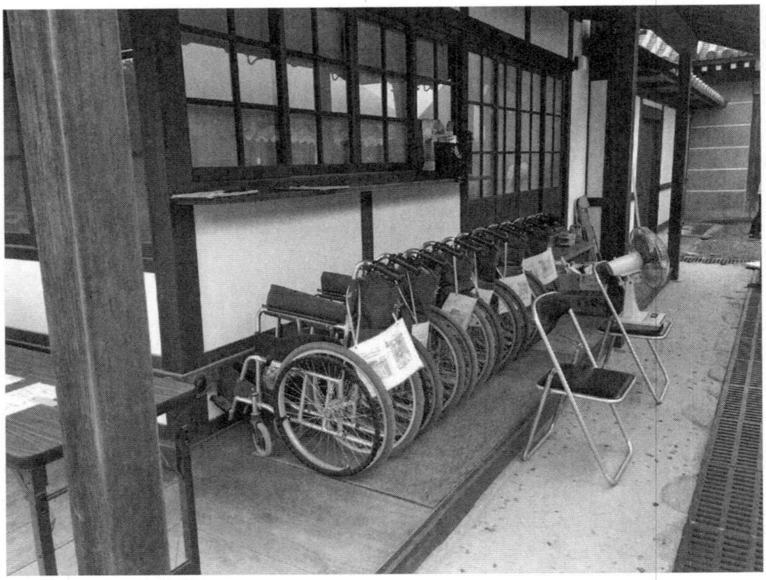

随时可取的轮椅车

很多朋友都说日本安静整洁，此行使我们深深感受到这一点。那干净的环境、笑容可掬的面孔、仪态谦恭的鞠躬、精致的菜肴，都给人留下深刻印象。尤其令人难忘的，是这样几个细节。

一是对残疾人和老年人的尊重。在水族馆等公共场所，有专门画线标示的残疾人测光区域，几乎每个玻璃橱窗前都有这样的区域，显然，一旦参观者人多拥挤，就可以确保残疾人享受从容参观的权利。我还注意到，在天皇御所门口，看到一排轮椅车整整齐齐地停放在出入口的一边。毫无疑问，这是为行动不便的老人准备的。老人只要需要，便可免费取用。

二是出租车的洁净。出租车驾驶员一般都是老人，他们头发花白，服务认真，但一般不懂外语。据说是因为年轻人嫌开出租车单调枯燥，不愿干，所以老人逐渐成了这一行业的主力。出租车服务规范，车厢里干干净净，座位上的垫巾，一般都是白色的针织绣花巾，那网格式的花纹，显得洁净典雅，令人叹为观止。

三是商业服务的周到。到京都第一晚，妻子在步行街一家商店，为孙女买下一只银色闪光的头箍，价格相当于人民币 20 元。回到宾馆，她迫不及待地想剪下头箍上的商标。岂料，没戴老花镜，一剪把线剪断了，一串珠珠滚落在地。拾起珠珠后，线却连接不起来了。她颇觉遗憾，翌日晚又来到那家商店，对营业员姑娘说，我的眼睛不好，剪商标时把它剪坏了，能否由我付点钱，换个好的。姑娘连声说可以换，不要钱，马上离开柜台，取了一个新的一模一样的头箍过来。妻子再三说，我付点钱吧。姑娘连声说，不要，不要。

此次京都之行，距离我上次访日已相隔 23 年。日本的优质服务，仍令人赞叹不已。相形之下，在文明素养方面，我们依然存在差距。我想，在中国 GDP 总量迅速超越日本的背景下，如何学习日本的某些长处，改进我们的不足，重塑礼仪之邦的传统优势，仍是需要我们急起直追的。

（写于 2017.6.4）

马尔代夫之旅

阳春四月,我随家人到马尔代夫旅游。马尔代夫是印度洋上一个由众多岛屿组成的国家,共有26组自然环礁、1192个珊瑚岛,分布在9万平方公里的海域内,其中约200个岛屿有人居住。它位于赤道附近,具有明显的热带气候特征,是著名的旅游胜地。

我们是乘坐水上飞机前往旅居岛屿的。从首都马累到旅居的尼亚玛岛,整整飞行一个小时。水上飞机是海空两用的运输工具。启动后,只见它像快艇一样,在海面劈波斩浪,向前疾驶;不久,随着一阵轰鸣,它腾空而起,展翅飞翔;快到岛屿时,它渐渐降落,滑行水面,重新变成了一艘快艇。

这里,最壮美的景色是大海。住在岛上,四面环绕着海洋。海水在阳光照射下呈现不同的颜色。一般说来,近处的海水是翡翠色的,中间的海水是碧蓝色的,远处的海水是深蓝色的。无垠的海面,无际的蓝天,配上飘浮的白云,多彩的霞光,令人置身于如诗如画的意境之中。

偕家人游览马尔代夫

这里，最常见的活动是游泳。岛上的建筑，都是为游客建造，分为沙屋和水屋。沙屋连接沙滩，人通过沙滩走向海洋；水屋连接海水，人拾阶而下，由浅海游向深海。阳光照射下的海水，如此温热，如此清澈，水天一色，浩渺无际。在这里伸展双臂，身心是何等舒畅！

这里的旅游，凸显了海洋特色。别具一格的旅游项目，引导着游客了解海洋，亲近海洋。

观看海豚，令人目睹海豚与游艇同行的情景。那天，我们随着飞驶的游艇，来到一片特定海域。随着船员发出声声“呜呼”的叫唤，波光粼粼的洋面上出现了一个个小黑点。渐渐地，黑点变得清晰。突然，海豚在我们艇边出现了！海豚有独自行进的，也有成群结队的。它们时而潜入海里，时而露出海面，时而跃往空中，做出一个转身飞旋动作。它们持续地与游艇同行。有在船头飞奔的，仿佛与游艇赛跑；有在船舷欢跃的，仿佛向游客致意。

参与浮潜，将人引入神秘的海底世界。那天，充满好奇心的孩子穿戴浮潜工具，在工作人员指引下，首次潜入水下。身边是珊瑚、水草，不时有鱼儿从身边游过，偶尔有海龟游过。浩瀚大海的深处，有随水移动的浮游生物，有深居海底的底栖生物，有善于游泳的各类飞鱼。在这里体验生物世界的丰富多彩，探寻大海的奥秘，对于在陆地生活的人们来说，是何等难得！

水下餐厅，令人体验了人与鱼共处的情景。那天，我们来到海平面六米以下的餐厅，只见餐厅四周布满巨大的玻璃窗，清晰展示了海底景象。形形色色的珊瑚旁，游弋着五彩斑斓的鱼儿。在这里，餐厅犹如一个水晶宫，人仿佛置身于一个大鱼缸中。正如儿子所说，人看鱼，鱼看人。在鱼眼里，人才是玻璃缸中的观赏物呢。不信你看，鱼群正围着人一圈圈地游来游去，好奇地望着我们呢。

出海捕鱼，令人分享了垂钓的快乐。那天，朦胧的夜色中，游艇破浪行驶，来到一片水区。在船员帮助下，人们将装有鱼饵的钓线放到水里，静静地等待时机。忽然，钓线晃动，人们以为鱼上钩了，拉起钓线一看，却是空的，原来狡猾的鱼儿咬走鱼饵后转身游走了。游艇转移后，夜色更加浓重，海风吹得更紧，船儿不断摇晃，老人感不适，几个孩子却抓着钓线不放，继续寻觅着机会。终于，有鱼儿上钩了。一条、两条、三条、四条！孙女小溪也钓到了一条。这一天，正好是她爸爸生日。小溪用亲自钓起的小鱼，给爸爸送上了一份礼物。

啊，马尔代夫之旅，令人难忘的航程。

（写于 2019.5.10　曾刊于《长宁时报》）

酒桌上的鼾声

整理旧照片，勾起我一段美好的回忆。那是2002年7月8日的夜晚，在马来西亚吉隆坡，哈桑请我们饮酒，真是妙不可言。

哈桑是马来西亚时信印刷公司的总经理，印度裔人，约莫50来岁，热情、豪爽，令人一见如故。白天，我们参观了他的企业。他身着一件淡咖啡色格子衬衣，古铜色的脸庞，雪白的头发和胡子，仿佛历经风吹日晒。

那一晚，负责接待客人的是一位华裔，人称顾先生，他始终特别活跃。晚宴开始前，只见他指着一旁桌上的一溜酒瓶，介绍说，今天我们九个人，准备了九瓶葡萄酒。这九瓶酒，三瓶干红，三瓶干白，三瓶干红（注），度数各不相同，由高度到低度，由低度到高度，好比一支音乐乐曲，呈现波浪形。为表达得更清晰，他挥动右手比划着，拉开嗓门唱着音阶："啊——啊——啊——"。那声音，由高到低，由低到高，似乎和酒的度数相对应。无声的酒，顿时变成了有声的歌。

晚宴在热烈的气氛中进行。除了葡萄酒，哈桑还为我们准备了一箱当地有名的黑啤。主宾双方，为相逢干杯，为友谊干杯，为健康干杯。后来，没有什么既定的祝酒词，也会干杯。大家似乎进入了一种境界，云里雾里，陶然忘机。那是一种怡然自得、忘却尘俗的境界。在生活里扑腾的人能有此种片刻的享受，那是多么美妙而又难能可贵。

这时，电视机打开了，开始播放卡拉 OK 乐曲，放的都是中国歌曲。我们随着乐曲声，唱起了《月亮代表我的心》，唱起了《洪湖水浪打浪》，唱起了《弹起心中的土琵琶》。每每一曲唱罢，哈桑鼓掌，顾先生鼓掌，大家鼓掌。啊，对酒当歌，人生几何。在异国他乡高唱中国歌曲，把我们每个人的音乐细胞都调动起来了……

忽然，同行的翁先生出去了一趟，回来后对我咬着耳朵说："顾先生在洗手间吐呢。"不一会儿，顾先生回来了，我们关切地问他怎么样，他连声说没事没事，依然风度翩翩，继续喝酒，继续干杯。可是，渐渐地，他似乎忍不住了，不再言语，不再敬酒。最后，干脆趴在桌子上，睡着了。

这时，整个房间里，只听得顾先生发出一阵阵鼾声。那鼾声，如同他先前介绍酒的度数时比划的那样，高一阵，低一阵，高时如惊雷滚滚，低时如余音绕梁。大家停止了歌唱，停止了敬酒，都静静聆听着他的鼾声。我心想，可爱的顾先生啊，你今天第一个醉倒，有点出乎意料。你用这样的鼾声来迎接客人，似乎不合礼仪啊，但那声音毕竟是发自肺腑的，实实在在的。

晚餐接近尾声。九瓶葡萄酒全部喝空了。哈桑见状，说，怎么样，每人再来一瓶黑啤？眼看哈桑这么热情，我悄悄地对老翁说："当心，再喝我们要出洋相了。"老翁低声回应："是的。"可是，提醒归提醒，这喝酒的最后关头，谁又能示弱？其实，酒酣耳热之际，我们都晕晕乎乎了。不过，总算还保持着最后一份清醒，喝完了每人的杯中酒。

回房间的路上，我们互相搀扶着。开门时，老李手抖得厉害，几次把门卡掉在地上。可我们在心里说：哈桑啊，谢谢你，让我们度过了一个愉快的夜晚。吉隆坡的夜晚，我们难忘友人的盛情，难忘酒桌上的鼾声！

（注：干红，干白，分别指用葡萄原汁制成的没有甜味的红葡萄酒、白葡萄酒。）

（写于 2020. 2. 27 ）

磐安游

正是秋高气爽的季节,我们来到浙江金华磐安旅游。

我们来到尖山镇陈界村。这里,面朝风光旖旎的五丈岩水库,村边茶山绵延,绿树成荫。全村以传统中药材种植为特色,是名副其实的“药园村”。在这里逛药村,赏药园,沐药香,品药膳,可以充分领略“药材之乡”的深厚韵味 ……

我们来到十八涡风景区。只见这里山峰起伏,怪石嶙峋,峡谷幽深,瀑潭精美。溪流两岸陡壁对峙,耸立云天,溪涧狭窄蜿蜒,水流湍急。咆哮的激流钻谷穿崖,形成了十八个接连不断的险涡和深潭,史称“十八涡”……

我们来到乌石村。这里的古村老房是用千年不化、通体黑色的玄武岩构筑而成。村庄四周梯田层层,群山连绵。深邃的黑、树林的绿、湛蓝的天,形成了火山台地、空中乡村的独特风貌,呈现出保存完整的农耕文化的古老村庄……

磐安风光

我们来到舞龙峡景区。这里地形切割强烈，奇峰耸立，峡谷幽深，自然资源丰富，融合了瀑布之奇美、峡谷之秀丽，也融入了古文化遗址的神韵，为游客提供了观瀑、漂流、登高、探险、祭拜等诸多功能……

磐安，就这样进入了我们的生活，以一片青山绿水的形象，以一个旅游胜地的形象。

然而，若干年前，一切是悄然无声的，仿佛被湮灭了似的。

磐安是浙江金华的一个县，面积 1196 平方公里，人口 20 余万。它曾是浙江省 5 个最穷的贫困县之一。那时，人们的话题中，很少谈到旅游。

在金华，谈到旅游，也只知道双龙洞，很少会想到磐安。金华是我母亲的故乡。我从小读过叶圣陶先生的散文《记金华的双龙洞》。1987 年秋，我曾陪母亲来双龙洞旅游，坐着站站停靠的慢车，漫步在雾蒙蒙的暮霭中。那时，何曾听到过“磐安”二字啊。

不知道一切是什么时候开始变的。山还是那样的山，水还是那样的水，磐安人从中发现了得天独厚的优势。他们提出，要利用青山绿水的自然馈赠，发挥磐安人民的智慧传承，让旅游成为磐安的“一号产业”。他们默默做事，发掘风景名胜，发展农业观光，发展森林养生，发展旅游业态，呵

磐安老屋

磐安十八涡景区

护每一棵绿树，让森林覆盖率上升达80.4%……

一切在悄然变化。终于，迎来了旅游业的春天。

今天的磐安，有着多么丰富的旅游资源！它拥有亿年火山湖、千米平板溪、浙中大峡谷、高山断层湖等独特的自然景观，拥有玉山古茶场、举溪孔氏家庙等国家级文物保护单位，拥有炼火、赶茶场等一批非物质文化遗产，还拥有中国药材之乡、中国香菇之乡、中国生态龙井茶之乡等响亮的称号。人们闻声而至，近悦远来……

旅游业的发展，使村民成为获益者。我从两位导游身上，深深感受到这一点。导游小张是中年农妇，丈夫是终年忙碌的木匠，育有一子一女，老大已上大学，老二正上幼儿园。她告诉我们，女儿喜欢跳舞，活泼可爱，她让女儿课余接受舞蹈训练，每学期花费1280元。她丈夫问，农家孩子学舞蹈，有必要吗？她说，有必要。学舞蹈的孩子气质好，胆量大。你看，这农妇，关注的是孩子的“气质”、“胆量”，真令人刮目相看。她说，她盼望旅游业更兴旺，盼望家里的民居早开业，为此，还热衷于参加攀岩一类运动项目呢。导游小王，也是一位本地村姑，丈夫开办一家塑料五金制品工厂，雇工40余人，家境应该是不错的。可她不在家里帮衬，却喜欢出来当导游，喜欢的是这清新的空气，喜欢的是这自由的职业，言语中充满对未来幸福生活的憧憬。

磐安乌石村

旅游业的发展，让来到磐安的游客分享到大自然的馈赠。置身于蓝天白云之下，自由自在地畅游磐安，可以获得身心两安的状态。在旅游过程中让身体彻底放松下来，让心慢慢静下来，看看山，看看水，看看花，喝喝

云雾缭绕的山水

茶,自然而然就融入了这片山水,回归到自然的纯真状态,偶尔还能闪出思想的火花。多好啊!

磐安游,让我感受最深的,还是那句大实话:绿水青山,就是金山银山!

(写于 2020.3.03)

我的故乡诸暨

我的故乡是浙江诸暨,我的祖祖辈辈居住在诸暨五泄镇前杨村。虽然我出生在上海,很少回乡,但始终记得,诸暨是我的家乡,那里的田野里有我祖辈的足迹,那里的青山间有我父母的衣冠冢。

诸暨有悠久的历史,美丽的风景。早在春秋战国年代,它就是越国古都、西施故里。诸暨境内山川秀丽,人杰地灵,有著名的国家级风景名胜区浣江－五泄风景区,有被称为"诸暨三杰"的王冕、杨维桢、陈洪绶等历史文化名人。初到诸暨,或许觉得它很平常。可是,当知道这里曾有过的历史风云的激荡,心海瞬时就会掀起阵阵波涛。

诸暨人勇于创业,民营经济发达,综合实力位居全国百强县(市)第13位。它拥有足以引为自豪的产业,先后被命名为"中国袜业之乡"、"中国珍珠之乡"、"中国香榧之乡"。

在诸暨,我曾参观大唐的袜厂,大唐被称为"世界袜城"。来到一家亲

与母亲、妹妹益华在诸暨

戚开设的企业，只听得机声轰鸣，正处于日夜三班紧张作业状态。据说，诸暨一年要出产至少8亿双袜子销往全球各地。

在诸暨，我曾游览中国唯一的香榧国家森林公园。那里古木参天，树形奇特，年代久远。香榧是世界上稀有的经济树种。香榧子生产周期长，它不但是美味的干果，还具有极高的药用价值。诸暨香榧栽种历史在1500年以上，产量居全国领先地位。

在诸暨，我曾参观那里的珍珠生产基地。诸暨与珠玑谐音，或许是文字记载中最早的产珠区，如今它已成为中国最重要的珍珠产业基地。人们在外交场合看到中方嘉宾佩戴的珍珠饰品,圆润大气,引人注目,据说均出自于这里的珍珠产区山下湖镇。

诸暨人豪爽,乐观,有北方人的性格。我熟识的作曲家何占豪,就是个典型的诸暨人,他是著名的乐天派。“文革”中下放到五七干校喂猪,他说相声,讲故事,常常逗得大家捧腹而笑。如今他年近八十,背着挎包走在路上,依然雄赳赳气昂昂如同军人一般。问他养生之道,他说,爱走路,每天不少于五千米;爱看美女,每次不超过七秒钟;爱喝黄酒,每顿不超过三两。

诸暨人爱喝酒,会做酒。过年回乡时,经常能看到村里人在初冬时节做的酒,一缸一缸地做,一缸一缸地喝。第二年夏季来临之前,往往是酒没了,人惆怅。我十分钟爱村庄里飘荡着酒香的日子。在小屋子里,有一缕徐徐萦绕在鼻尖的酒香,那充实的感觉,那慰藉的感觉,对一个难得返乡的人来说,是一种异样的幸福。酒,意味着热情,意味着温暖,令人怀念。

诸暨人爱家乡,有乡情。那是 2017 年盛夏,8 月 25 日,应朋友钱汉东邀请,出席一个艺术品义拍会。朋友为家乡诸暨兴建西施文化礼堂,奉献出 40 件书画作品和收藏的古瓷。那一刻,令我感动的,不仅是朋友的善举,还有现场那批企业家的慷慨——他们全是诸暨籍的,在上海打拼,多为年轻人。此刻,他们坐在台下,频频举牌报价,出于对艺术品的热爱,也出于对家乡的真挚感情。因为,大家都知道,今天拍卖的全部善款,将全数捐赠给自己的家乡。事后统计,那天捐赠的善款,达 229.1 万。

我想起,2011 年夏天,也是在这个地方,也是这位朋友牵头,汇聚了一批诸暨籍的企业家,慷慨举牌,募捐善款。那一次,是因为家乡遭遇水灾,全部善款是用于救助灾民的。那浓浓的乡情,那诚挚的爱心,至今萦绕在我心头……

2019 年春节,我偕家人回到诸暨过年。沿途望去,只见故乡道路宽敞,绿树茂盛,农舍洁净,河水清澈,环境正变得越来越美。除夕夜,我们来到前杨村。天空中缭绕着袅袅香火和炊烟,弥漫着浓厚而古朴的过年气息,刚贴好春联的院落充满了喜气。入夜了,鞭炮声此起彼伏,各色烟花在空中开放。孙女小溪和一群孩子兴奋地奔跑着,喊叫着,小村顿时变得沸沸扬扬……

这,就是我心目中的诸暨。我爱故乡诸暨。

(写于 2020.3.10)

第六辑　品书阅人

读《瞿志豪艺术作品集》

转眼间,与瞿志豪先生相识 30 多年了。在他年届花甲即将退休之际,恰逢他的艺术作品集出版,我向他致以一个老友的祝贺。

在我的朋友中,瞿志豪是个比较特殊的人才,其特点是文理兼通,分别达到了很高的高度,取得了多方面的成功。

瞿志豪从小就钟情书画,具有书画艺术天赋。少年时代,尽管经历动乱岁月,仍然幸运地遇到了来楚生先生,成为来先生的入室弟子。来先生是我国著名画家、书法家和金石篆刻家,在当代艺术界有很高的声望。当时的瞿志豪,只是一个 15 岁的孩子,但是来先生悉心指导,诲人不倦,以高尚的人品艺品给志豪留下了深刻烙印,让志豪艺术生涯的第一笔写得端正,第一步走得扎实。这是多么值得庆幸的人生际遇!

名师指点,自身努力,使瞿志豪的艺术造诣达到相当高的水准。早在上世纪 70 年代,他就跻身拔尖的青年书法家的行列,在印坛前辈方去疾先生推荐下,参与了中国第一本书法杂志的创刊工作,很早就成为中国书法家协会会员。在艺术界,人们时常提起瞿志豪的字画,提到这位在书画领域具有多面才智的艺术家。

《瞿志豪作品集》书影

然而,正当他期待在书画领域一展身手的时候,命运却让他进入了工程技术领域。人们或许难以设想,当年,面对现代化建设的紧迫需要,瞿志豪是怎样义无反顾地听从召唤,投身于教学科研,勤奋钻研,成为一位冶金机械专家,直至被推上高校领导岗位。

作为高校的力学教授,瞿志豪讲力学课程,讲得深入浅出,幽默风趣,受同学们喜欢。作为高校主管科研的副校长,他敬业奉献,身先士卒,深入科研一线。他善于破解科技难题,尤其为宝钢完成了不少课题,解决了很多工程问题,宝钢董事长徐乐江曾为此著文,加以赞赏和倡导。(注)就这样,在力学教授的岗位上,在高校领导岗位上,他兢兢业业奋斗了几十年,赢得了良好口碑。

许多人没有想到的是，在冶金机械领域取得成功的同时，瞿志豪依然寄情于书画艺术。当白天的工作几乎耗尽精力时，他于夜深人静之际挥舞笔墨。这，既是休息和调节，更是历练和创造。始终不放弃，是他聪明的地方，是他令人折服的地方。终于，人生如舟，重山已过，到了即将退出职业生涯的时候。瞿志豪面临新的选择。毫不犹豫，他选择书画艺术作为自己的归宿，以此开启一个新的历程。他通过作品集发出的，正是这样一个信号。这是一个多么喜人的信号！

且让我们放慢脚步，细细品读一下他的作品集吧。

作品集中展示了文人画的特点。瞿志豪画文人画，讲究的是书、诗、画、印和笔墨情趣，传承了来楚生先生注重构图及墨色浓淡枯湿焦的风格。作品中寥寥数笔，可看出他的功力。如《山中兰草》，基本以线条写就，虚实夸张，给出了山野中宁静不喧的效果。《金果满枝》，从右至左用淡墨发出一杆老杆，然后错错落落撇出纵横交错的墨叶，简而不空，多而不重，体现了阔笔重彩的特点。《疏影横斜》，以笔取气，以墨取韵，以焦、积、破取厚，表现了用墨用水的高超技巧，体现了他追求的画理境界。

作品集中体现了瞿志豪的个性特点。志豪性格豪爽，由此决定了他大刀阔斧的艺术风格。作品集中，无论书画刻，都反映了这一特点。他自己也不讳言。一次在完成一幅丈二作品《丰硕满枝》后，他曾在画上作诗一首："缶翁作画谓写气，后生亦步老聋意，一笔扫过千丈纸，风卷残云雷霆起。”这种气势，显示了志豪奔放不羁的性格，体现了他正直豪爽、从不做作的风格。

时光如梭，瞿志豪转眼已到花甲之年。英俊潇洒的他，竟然也生出了些许白发。闲来聊天，回首人生，他扳着手指说，人生可分为三段，一是求学，其中很多盲目，不能听从自我；二是工作，其间很多辛苦，不能随心所欲；三是当下，终于到了“放下”的年龄，我要认真规划自我，找自己喜欢的事去做。作品集就是我第三段人生的起点。

多么自信的心态啊！两岸猿声啼不住，轻舟已过万重山。我为志豪人生的成功叫好，更为他能专注于自己喜欢的事业感到高兴。祝愿他未来的人生更舒心，更精彩！

（注：见2008年9月19日《新闻晚报》）

（写于2014.3.19）

读钱逸敏《炫动的岁月》

出版工作期间，有两件事令我印象深刻。一是日本动漫风靡。1997年7月参观香港书展，见到青少年痴迷于日本动漫，那彻夜等候、蜂拥而入的场面令人难忘。二是深受中老年读者欢迎的连环画渐渐走向低落，新作品日渐匮乏，老作品日渐成为收藏。

2004年，新的文艺出版总社组建不久，我们开始思考一个问题：能否在新兴的动漫领域有所作为，为推进动漫产品民族化作出贡献，同时弥补连环画市场走弱的损失？记得那年深秋的一天，我邀集几位同事谈论此事。那天，我第一次见到钱逸敏。

当时的钱逸敏，留着乌黑的长发，带着黑色宽边眼镜，衣着似乎不修边幅，性情中带有艺术元素。当时，他是期刊《动画大王》的艺术总监、中国美院设计艺术学院客座教授，是最早进入我国动漫学历教育领域的艺术家之一，对中国动漫状况有较全面的了解。他详细介绍了中国动漫市场现状和发展趋势，介绍了政府对动漫产业的关注度，给大家留下了很深的印象。

以后，我们多次见面。在动漫公司筹建会上，在动漫展览现场，在张江当代艺术馆，我多次听他介绍情况，评介作品，由此加深了对他的了解。

《炫动的岁月》书影

作为一位美术家，钱逸敏是多才多艺的。这位 1972 年入伍的部队文艺兵，80 年代初进入人美社从事连环画创作，同时在油画创作领域取得成就，随后又进入动漫产业领域，在那里显示了他的睿智。

作为一个新兴的产业，动漫领域的拓展异常艰辛，动漫产业民族化之路漫长而曲折。钱逸敏清醒地意识到这一点，但他未因艰辛而动摇，未因漫长而放弃。

他注视着中国动漫产业发展的风云变幻，发出具有独特见解的声音。

他坚信“海外时尚文化可以在中国大陆开辟市场,但长久占领市场的必定是本土漫画,因为中华民族有着优秀的文化底蕴,有着强大的学习融合创新能力”。他深入阐述了连环画与动漫文化不可分割的渊源关系,为连环画获得国家资金扶植赢得发展机遇提供了依据。他积极构思动漫产业的运作机制,认为“动漫图书的出版,对整个动漫产业至关重要,就像金字塔的底层,虽在最下面,却是稳固的基础”。他呼吁“要发现和培养一批新的动漫作者,要吸引一大批有着扎实造型基础、受过正规艺术教育的青年加入到动漫创作队伍中来”。这些具有真知灼见的观点,为业内所认同,也为国家制定相关政策提供了思路。所有这些观点,已汇集在这本《炫动的岁月》里。

钱逸敏不仅坐而论道,更注重起而实行。他悉心培养年轻人,运用教学和刊物两个平台,为动漫产业培养了大批作者。他循循善诱地引导年轻一代,强调“世上没有随随便便的成功”,要学习日本动漫工作者的精神,刻苦工作,拼命工作,甘于付出难以想象的劳动;他强调动漫创作要注重发掘生活,期望年轻一代“不仅拥有良好的绘画基础,而且要拥有相当的文学才能和生活经历”。他如数家珍般地推介新一代漫坛高手,赞美他们的刻苦精神和艺术特点,字里行间充溢着挚爱,寄托了殷切的期待。他参与策划了一个个匠心独运的动漫展,为年轻一代动漫工作者展示才华搭建舞台,为人们预报了动漫民族化春天的气息。在《炫动的岁月》这本书里,可以清晰地看到钱逸敏所作出的艰辛努力。

“路漫漫其修远兮,吾将上下而求索。”多少年过去了,在中国动漫产业发展的征程上,钱逸敏和他的同伴们依然努力着,不知疲倦地拓展着。随着时间推移,钱逸敏承担了更加重要的责任,他不仅是中国动漫产业领军人物之一,还被推举为上海市动漫行业协会副会长兼秘书长,承担起协调推进上海整个动漫产业发展的重任。在艰苦奋斗的征途上,他依然是一个充满激情的开拓者。

(写于 2014.6.7)

读刘社建《古代监察史》

最近，刘社建赠我一本新出版的《古代监察史》，我不由得暗暗吃了一惊。我知道社建的专业是经济学，身为上海社科院研究员的他，如果送我一本经济学著作倒是意料中事，而他竟然写了本古代监察方面的专著。三年前他转岗从事纪检监察工作，当时我还担心他是否能够适应新的工作呢。未曾想到，他干一行，钻一行，竟然对中国古代监察制度产生了浓厚的兴趣，在完成工作之余还出版了《古代监察史》。他利用闲暇时间，搜集相关资料，阅读大量史书、专著、笔记、演义，深入研究中国自先秦至清朝监察制度变迁发展的全貌与特征，鉴古思今，去芜存菁，撰写了一本 25 万字的专著。专家认为，此书具有通俗、简约、贯通的特点，为广大纪检从业人员和历史爱好者提供了一部中国古代监察史专著。可以想见，几年间，他废寝忘食，焚膏继晷，耗费了多少心血。正如他自己所述："在繁忙工作之余，历六个月搜集资料，六个月撰写初稿，三个月修改定稿，个中甘苦自知。”读完全书，我不禁为社建的敬业精神而深深感动。

《古代监察史》书影

作为一部主要以非历史专业人士为阅读对象的监察史著作，该书具有可读性趣味性兼顾的鲜明特点。显然，一部历史专著，如果仅仅描述古代监察制度演变进程，而缺乏足够的可读性与趣味性，一般读者是很难读得下去的。作者较好地处理了这个问题。全书从中华民族的始祖轩辕黄帝说起，重点论述了中国各个朝代监察制度变迁发展的全貌与特征，既包括了中央和地方监察官制的变化，又涉及监察法规、监察官员的选拔与激励等多方面，同时又穿插了大量的监察人物的故事，在厘清历史发展脉络的同时，重点突出了可读性和趣味性。作品通过这些故事的叙述，为制度发展及实践提供了大量参考资料，帮助读者加深了对古代监察制度演变的理解。需要指出的是，作者并不因为追求可读性而穿凿附会放弃求证。相反，作者对所获资料特别是笔记、小说等所谓“野史”资料，在选取和引用时，是经过认真考证的，处处表现了一种严谨的科学态度。正如作者所说，“要尽量提高可读性，尽量不直接引用史料，而尽可能地用现代语言进行描述。要努力提高趣味性，多引用一些故事。当然，还要尽可能避免错误。”应该说，经过作者的艰苦努力，作品达到了这一目标。

读完全书，最令人难忘的，是活跃在历史长河中的历代监察人物。这些历代监察人物，用今天的话来讲，就是当了监察官员的知识分子。他们当了官，却依然保持知识分子的秉性，为国为民，为社稷江山，甚至为君主，不惜身家性命，舍生取义，动不动就“冒死一谏”，这是何等悲壮，何等可敬啊！正如鲁迅所说，自古以来，我们就有埋头苦干的人，有拼命硬干的人，有为民请命的人，有舍身求法的人，这就是中国人的脊梁。也正如书中所说：“中国具有悠久的进谏文化，谏官舆论代表着一种为世人所认可的是非标准，正直的谏官也为世人所敬，历代均出现刚正耿直的谏官名臣，甚至不乏以身殉谏的案例。”历代谏官名臣，如魏征、狄仁杰，包拯、寇准等等，无不以清正刚直、疾恶如仇的品质，在历史上留下代代相传的口碑。元王冕诗《墨梅》云：“吾家洗砚池头树，朵朵花开淡墨痕。不要人夸颜色好，只留清气满乾坤。”历代优秀监察人物，就是“只留清气满乾坤”的人。

今天，祖国已进入中国特色社会主义新时代，要实现全面建成小康社会、全面深化改革、全面依法治国、全面从严治党的目标，实现中华民族伟大复兴的中国梦，依然任重而道远。建议各级领导干部尤其是纪检监察工作从业人员，凡有时间、有能力阅读的人，都来看看《古代监察史》这本书，从历史的经验中吸取智慧，不断推进当前监察制度建设，以“只留清气满乾坤”的情怀自勉，立志做新一代的民族脊梁。

（写于 2019.1.4　曾刊于《联合时报》）

读孙颙小说《风眼》

孙颙的新作《风眼》，我是花了一天时间一口气读完的。获得的第一个印象是：这本小说很好看。小说围绕出版《市场经济常识丛书》这一中心事件，展示出版人的性格和命运，有故事，有情节，有悬念，能抓住人读下去，读到底。读者在阅读的过程中，跟随着作者的笔触，不由自主地关注《丛书》的命运，关心人物的命运。小说结构紧密，单刀直入，见好就收，语言风格干净朴实，具有很强的吸引力。

其次，这本书给人的印象，是具有很强的真实性。无疑，作为文艺作品，小说是虚构的，人物是杜撰的。正如孙颙在《后记》中所说，小说所写的人物与故事，与他的"老娘家"上海文艺出版社无关，也与他熟悉的其他出版社无关，人物是杜撰的，而赖以杜撰的基因是真实的。我这里所理解的真实性，也是指作品基因的真实。首先，环境的基因是真实的，这就是改革开放以后出版社要走向市场，要追求两个效益统一的大环境。其次，人物的基因是真实的，这就是改革开放初期在狂风暴雨中面临抉择、经受考验的一批知识分子，一批性格各异的知识分子。显然，具备真实性的一个重要因素，在于孙颙本人就是出版业改革的亲历者，熟悉出版业，熟悉出版人。正因为如此，作品给人以真实可信的感觉。真实性来源于深厚的生活积累，来源于切身经验的底气。

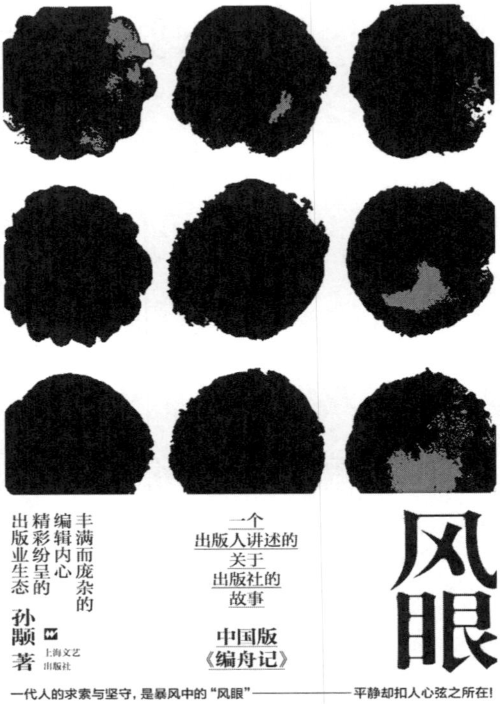

《风眼》书影

孙颙的底气，不仅在于他熟悉出版业、出版人，还在于他对出版业、出版人具有真挚的深厚的感情。我与他相处多年，深感他对出版业有着强烈的事业心责任感，对出版同仁有着真诚的关切。他从不以官员自居，平易近人，善于了解体察出版人的甜酸苦辣、喜怒哀乐。我至今记得，在印刷业改革最困难的时候，我去企业处理突发事端，他与我约定，我在一线，他在二线，我顶不住时，他就上去。他向我投来充满信任的目光。我至今记得，为印刷业职工募集帮困基金，他在局系统干部会议上，和郭开荣同志一起，向满场同仁深深鞠躬，带动全系统行动起来，对困境中的下岗工人给予帮助，仅一次就募集帮困基金 550 万元。当时的情景是非常感人的。他还采取参与东方书报亭建设等实际举措，支持下岗工人实施再就业工程。我至今记得，他真切地关注同仁。当他听说出版同仁无端受冤屈时，曾激愤地为他们鸣不平，以至流下泪水；当听到出版同仁喜获殊荣时，他激动地打来电话，让我分享这个好消息。正因为对事业和同事充满真情，在孙颙的小说中，可以感受到，作者的喜怒哀乐，作品的感情起伏，和事业的成败是息息相通的，与人物的命运是心心相连的。

读罢小说，特别令人感慨的是孙颙的勤奋精神。孙颙长期担任出版系统和作协领导，行政工作负担是十分繁重的。作为他曾经的副手，我曾亲眼目睹他辛勤工作直至疲惫不堪的情形。但他始终没有放弃写作，始终怀抱着一位作家的责任感、使命感，一直在繁忙工作之余，勤奋地持续地写作，退休后更是新作不断，硕果累累。长期来，他惜时如金，勤奋刻苦，不把时间虚掷在无意义的活动中。这种精神，同样值得我们钦佩和学习。

（写于 2019.8.8）

读杨善乔作文集《奔流的小溪》

杨善乔,昵称小溪,是我的孙女。2013 年 9 月至 2018 年 7 月,她就读于上海长宁实验小学。其间,书写作文数百篇。现从中选录 110 篇,编成作文集《奔流的小溪》,以作为纪念。

作为儿童的习作,作文集中的文字无疑是稚嫩的。但正是这些稚嫩的文字,袒露了一个孩子丰富多彩的内心世界,记载了她童年生活的点点滴滴,反映了她成长历程的酸甜苦辣,使我们可以从中感悟一点东西。

看瓜

童年是增长知识的岁月。从作文集中可以看到,小溪喜欢老师循循善诱的启蒙教育。无论是“我最喜欢的一堂语文课”,

练字

还是“我做成了机械手”的手工课,无论是“美丽的城市建筑”,还是“亲子运动会”,都令人感受到,课堂不仅是传授知识的场所,而且,应该是让孩子感受乐趣的天地。

童年是丰富多彩的岁月。从作文集中可以看到,每年的春游、秋游,以及参观禁毒博物馆、消防博物馆、历史博物馆、四行仓库抗战纪念馆,祭奠烈士陵园等活动,都给小溪留下了深刻印象。那欢乐的圣诞派对、合唱比赛等活动,充满了蓬勃的生气。那画鼻子、踩气球、做蛋糕等活动,使孩子们乐在其中,仿佛可以听到他们的欢声笑语。

踢球

童年是充满友善的岁月。从作文集中可以看到，小溪与同学们友善相处，乐于助人，成为真诚的朋友。她善待自然界的生物，养过小乌龟、小金鱼、小蜗牛、蚕宝宝，与小鸟对话，对邻家的狗从害怕到友好相处。她还用拟人化的笔法写下了几篇童话故事。她发自内心地呼唤：保护环境，爱护益鸟，善待动物。这是多么真诚的呼声！

童年是以书为伴的岁月。从作文集中可以看到，小溪喜欢阅读，也读过许多书。《野性的呼唤》中的大狗巴克不畏艰难、舍己救人的精神，深深震撼了她幼小的心灵。看完《福尔摩斯全集》，她幽默地写下与这位大侦探的对话。她喜欢诸葛亮这样的历史人物，喜欢《孙子兵法》、《三国演义》这样的历史故事，多次倾诉了敬仰之情。

童年是浸润爱心的岁月。从作文集中可以看到，小溪从小受到家人和老师的关爱。多年来，她随家人游历了海内外许多地方。她记得一次次欢

休憩

度生日的喜悦。她记得在家人和老师鼓励下，一次次克服困难的经历：从不敢下水，到先后获得游泳四级证书、三级证书；从羞于开口，到敢于走上讲台，独自用英语讲故事；从怯于交战，到赢得胜利，达到国际象棋中级水平；从初涉排坛，到敢打敢拼，步入长宁区校际女排赛场，勇夺亚军；从童年坚持搭乐高，到善于操纵机器人，在上海学生竞速汽车机器人比赛中成为团体冠军成员。

人们常说，童心最纯朴，童真最可贵。惟其如此，作文集作为一个孩子童年生活的珍贵记录，值得细细品味，也值得悉心收藏。

瞻仰

作文集记载了小溪不断进步的足迹。110 篇习作,犹如 110 个脚印,展示了她前进的步伐。五年间,小溪一直担任班级语文课代表。她的作文,大多被老师评为优等。老师在其作文本上留下了许多赞扬鼓励的话语。这些话语,激励着小溪不断增强自信,把写作从“烦恼”变成“乐趣”,为更好地掌握祖国语言文字、传承中华传统文化而不懈努力。五年间,小溪获得学校授予的“阅读小达人”、“岗位小能手”、“关心集体”、“学习优异”等奖状 15 张,这些奖状,同样激励着她朝着品学兼优的目标不断奋进。

小溪的作文,既反映了她童年生活的成果,也是她继续前进的动力。

小溪曾在作文里畅想“二十年后的我”，坚信“我能行！”无疑，未来是属于小溪这一代人的。努力吧，小溪！牢记你最喜欢的一句名言：“虚心使人进步，骄傲使人落后。”在生活的河道里，愿你成为奔腾不息的小溪。

（写于 2019.7.14）

《奔流的小溪》书影

写下你我周边的好故事(代跋语)

司徒伟智

当益萍兄临近退休时,曾问他有何打算,答曰“想回忆一些人和事,一段一段的,写一写”。好啊,我赞成,从旁打气。

接下来却是动静不大。诚然有些忙,别的不说,光是组织各方贤达,主持本市炎黄文化研究会,且每一回都评上优秀社科学会,即可想见。倒也在报上读过几篇他的作品,写得好,却太少。于是为他着急。岂料,他是少说多做。

初夏,全部书稿九十余篇散文,一股脑儿,齐刷刷涌上我的电脑屏幕。

慢工出细活,良工不示人以朴。一一打开,感人故事益智见解缤纷闪现,果真好。虽然个别篇章略涉单薄,有“急就章”之嫌,但是瑕不掩瑜,不掩总体之好。

于是想到育才中学老校友冯君说起的早年轶闻：初中同学杨益萍，一篇作文被语文老师推荐到校长、著名教育家段力佩处，得到的是超越当时5分制，批出闻所未闻的6分！段老定评，突破常规，又显严实，殊为难得。

成似容易却艰辛。眼前这本《望湖斋随笔》，是近十年作品结集；再一想，又何止此。正由少年时节“童子功”，加上久久为功，即尔后漫长五十余年的心血付出，才功到自然成。诗人功夫在诗外，“诗思在灞桥风雪驴背上”，好文章离不开修炼辞采，更亟待厚植阅历。透过书稿，于无字处见字，可想见青年益萍，北国从戎，复员做工，到主政钢厂，管理高校，再历经文化、出版、文联多家机构……乌发变生银丝，阅历磨砺思维，终而，童心依然却见识老成深到矣。

书稿写事又写人，但以写人的篇幅居多。即使叙事文章（如游记），也往往由事及人，事中有人。平生塞北江南、从经从文、基层机关，岗位频变，阅人无数，恰为他观察、记录、总结人生嘉言懿行创造了充分条件。爱看他笔下的名人故事，巴金、张瑞芳、施平、丁景唐、熊永龄、丁锡满、汤晓丹、袁雪芬、贺友直、黄宗英……一个个德才深具，事迹出彩。平素通过报章和电视，我辈小民也可远眺高端人士，但如今有他拉近距离，推出清晰入微的特写镜头，尤感亲切。《一把椅子》写老领导（即赵启正）的诚信较真，《百岁老人与摄影》写施平的学而不倦，如此等等，无非白描文字，却都过目难忘。

更爱看他笔下的非名人故事。从念书时一次忘记预先注水饭盒,中午面对一盒干米发愣,同学刘万椿"把他的饭塞给我,自己骑了自行车匆匆回家吃饭",到进厂后为同事一件外套掉落湖里,众小伙下湖拉"人网"打捞,终由身为老裁缝的作者父亲悄悄买布制衣相赠,一幕一幕,主角尽是非官非富非名人,竟如此"解衣推食",急人所难,凸显"小人物"蕴涵大写人格,堪称小中见大。

小中见大,还有一层意思。透过小百姓生活,可领略大时代趋向。梁启超批评旧史书写囿于上层社会,"其对于人生日用饮食之常识的史迹,殊非其所渴需;而一般民众自发自进的事业,或反为其所厌忌"。少时读过笔记文学经典《世说新语》,留下的印象,确是魏晋间豪门高第名人雅士的言与行,小农小商小兵小吏则对不起,没影踪。前者影响大,居高声自远,公众所瞩目,该写。但是,后者就不必写?

拿时下学习改革开放史、领会道路自信来说,诉诸系列抽象的大数据固然有力,研求万千具象的平民行迹感触亦深。请读《望湖斋随笔》:曾几何时,诸如一所重点中学"学生中拥有自行车的人寥寥无几"啦,下乡知青夜间一窝蜂偷吃生产队红薯啦,工程师躲藏在防空洞才敢悄悄拉小提琴曲《梁祝》啦,镜头殊异,光怪陆离,折射出那时节人们非仅物质亦且精神都是饥渴的!一经全面改革,新时期破天荒的,温饱问题终成"过去式",文化遂成新追求——甲女士迷恋琴艺,乙先生热衷采写,小邻居遍游海内外,老大妈成社区合唱发烧友，公司白领报名马拉松赛一席难求，林林总总数不尽，真叫“但道欢乐无所苦”。列宁说得对，“现象比规律丰富”。概念里兜圈子，辄文章干涩，难以入耳入心。虚实结合，让读者从纷繁现象中抽象出规律，寻找到向标，方为理想之教育。

社会如同金字塔，愈往下，平台愈阔，居者愈众。眼光向下何愁没素材，却也得注意“选材要严，开掘要深，不可将一点琐屑的没有意思的事故，便填成一篇”。鲁迅讲的小说创作规则，非虚构类写作也一样该遵循。书稿中的作品大都较短，却看得出用力精深。字里行间，记下细节、感情、悬念，还不忘记下趣味。譬如一篇《印度导游拉江》写船行海上，同行者、中国文联副主席冯远为拉江画了一张肖像，“旁人对拉江说，知道吗？给您绘画的人，是中国最杰出的画家之一。拉江回答说，当然。可您也要知道，被他画的人是谁？那是印度最杰出的男人之一。”劳动者自信满满的幽默，读来莞尔，文章活了。

自然，更要紧的，是记下思想。作品要突破，思想须领先。最欣赏《那一刻我们相逢无声》，写校友会上与一位久违的老同学重逢，那是一位自从高校毕业即进入保密岗位，隐姓埋名几十年，连评上全国劳模也用化名的无名英雄。“他们犹如苍鹰，从辽阔的蓝天飞过，却不曾留下任何痕迹。他们的背脊上，镌刻着历代先贤‘精忠报国’四个大字。”故事充溢时代精神，思想蕴含传统渊源，好一篇诗化的夹叙夹议文章。

时光如梭，莫知莫觉间，“同学少年，风华正茂”的我们都迈入老境。赞同益萍说的：“现在，作为退休者，我们不能出大力了，但我们可以鼓掌、喝彩，对建设者深情地道一声，‘你们辛苦了！’”

同时，补充一点如何？我们，还可以做写手、做录入员，反映各个时期的建设者，如益萍已经做的。因为，在与共和国同行的漫长岁月里，每个人都有或多或少精彩的见闻、独到的感受，尽可回忆、整理一番，写下你我周边的好故事。

图书在版编目（CIP）数据

望湖斋笔记/杨益萍著.-上海：上海文艺出版社.2021

ISBN 978-7-5321-7842-1

Ⅰ.①望… Ⅱ.①杨… Ⅲ.①散文集－中国－当代

Ⅳ.①I267

中国版本图书馆CIP数据核字(2020)第237152号

发 行 人：毕　胜
书名题签：刘小晴
责任编辑：徐如麒
封面设计：钱　祯
特约编辑：陆　廷

书　　名：望湖斋笔记
作　　者：杨益萍
出　　版：上海世纪出版集团　上海文艺出版社
地　　址：上海市绍兴路7号　200020
发　　行：上海文艺出版社发行中心
上海市绍兴路50号　200020　www.ewen.co
印　　刷：崇明裕安印刷厂
开　　本：787×1092　1/16
印　　张：22.25
插　　页：2
字　　数：210,000
印　　次：2021年3月第1版　2021年3月第1次印刷
I S B N：978-7-5321-7842-1/I・6221
定　　价：68.00元
告 读 者：如发现本书有质量问题请与印刷厂质量科联系　T: 021-59404766